Barbara Wilson

Ein Abend mit Vivaldi

Aus dem Amerikanischen von Sigrid Sengpiel

Ariadne Krimi 1123
Argument

Titel des amerikanischen Originals: The Case of the Orphaned Bassoonists

Redaktion und Lektorat: Iris Konopik und Else Laudan

Von Barbara Wilson bei Ariadne erschienen:

Unbescheidene Frauen (roman edition ariadne)
Äpfel und Apfelsinen (roman edition ariadne)
Träum ich von Familie (roman edition ariadne)

Kriminalromane mit Pam Nilson
Mord im Kollektiv (Ariadne Krimi 1079)
Schwestern der Straße (Ariadne Krimi 1049)
Der Porno-Kongreß (Ariadne Krimi 1019)

Kriminalromane mit Cassandra Reilly
Ein Nachmittag mit Gaudí (Ariadne Krimi 1027)
Trubel in Transsylvanien (Ariadne Krimi 1057)
Belladonna. Neun Reisen mit Cassandra (Ariadne Krimi 1097)
Ein Abend mit Vivaldi (Ariadne Krimi 1123)

Deutsche Erstausgabe

Eppendorfer Weg 95a, 20259 Hamburg
Telefon 040/4018000 – Fax 040/40180020
www.argument.de
Texterfassung durch die Übersetzerin
Umschlaggestaltung & Satz: Martin Grundmann
Druck: Clausen & Bosse, Leck
Gedruckt auf säure- und chlorfreiem Papier
ISBN 3-88619-853-7

Eins

Es fing ganz einfach an, ein bösartiger Streich oder ein Diebstahl, den man der falschen Person angehängt hatte, nichts, was man allzu ernst nehmen musste.

Es fing an mit dem Verschwinden eines Musikinstruments.

»Aber was in aller Welt willst du mit noch einem Fagott, Nicky? Du hast schon vier.«

Aus Venedig rief mich meine Freundin Nicola Gibbons in ihrem Haus in London an. Sie war erst vor vier Tagen dorthin gefahren, um an einem Symposion über Musikerinnen zur Zeit Vivaldis teilzunehmen. Hätte sie eine schwächere Stimme gehabt, ich hätte sie kaum gehört, als ich den Hörer abnahm. Denn es war ein Abend im späten Oktober und ein stürmischer Wind drosch Äste gegen das Haus und rasselte mit Mülltonnendeckeln. Ein dünner Regen platterte und spuckte.

»Natürlich habe ich das verdammte Fagott nicht *gestohlen*, Cassandra, Tatsache ist aber, dass es verschwunden ist, während es sozusagen in meinem Besitz war, und es ist ein historisches Stück, unbezahlbar und unersetzlich, und anscheinend bin ich verantwortlich.«

Ich unterdrückte ein Seufzen. Wieso rief sie *mich* an? Ich konnte ihr schließlich nicht sagen, dass sie einen sehr angenehmen Abend störte, einen, den ich mir nach der hinter mir liegenden Reise redlich verdient hatte. Da ich nirgends richtig wohne und nur mein Dachzimmer in Nickys Haus in London als

Operationsbasis habe, war ich begeistert gewesen, dass meine Ankunft und ihre Abreise zusammenfielen und ich ganz allein im Haus war, mit der Aussicht auf eine Woche, in der ich ihre guten Weine, ihre Bibliothek und ihre maßgefertigte, riesige Badewanne genießen konnte.

»Aber sie wollen dich nicht ins Gefängnis werfen, oder?«, unterbrach ich sie in der Hoffnung, sie käme zur Sache.

»Nein, sie haben mich nicht mal richtig verhaftet. Aber sie haben mein Zimmer mehrmals durchsucht, mich gründlich verhört, und jetzt sagen sie, ich darf das Land nicht verlassen, sonst werde ich wirklich verhaftet. Sie haben mir den Pass abgenommen.«

Ich hatte die elektrische Heizung an und einen kleinen Whisky auf dem Couchtisch. Auf meinem Schoß ruhten mehrere Zeitschriften, auf dem Sofa neben mir ein Stapel spanischer Bücher. Ich sollte sie für den Lektor eines großen Londoner Verlages begutachten und hatte sie am Nachmittag abgeholt.

»Die meisten sind bloß literarische Romane«, hatte Simon geseufzt. »Aber der hier sieht viel versprechend aus. Er ist von einer Protegée von Gloria de los Angeles. Auf der Frankfurter Buchmesse wurde er mir als ›das erotische und spirituelle Ringen einer Gruppe venezolanischer Nonnen des 18. Jahrhunderts‹ beschrieben.«

Ich hatte *Liebende und Nonnen* ganz oben auf den Stapel gelegt, zusammen mit einem Buch namens *Basho in Lima,* das von einer Frau japanisch-peruvianischer Herkunft zu handeln schien, die sich auf eine Pilgerfahrt zurück nach Peru begibt. Die anderen Romane hatten weniger reißerische Umschläge und mindestens einer handelte von lateinamerikanischer Politik. »Ich bin höchst ungern ein gefühlloser Philister«, hatte Simon gesagt, »aber diese Bücher über Militärputsche und verschwundene Menschen verkaufen sich nicht mehr. Nonnen und Sex, tja, das ist was anderes. Gib mir deine Gutachten in zwei Wochen, Liebste.«

Es war ein gutes Gefühl, wieder eine Art Arbeit zu haben, und gut, wieder in London zu sein. Ich war gerade zurück von einem unseligen Ausflug auf einige der abgelegeneren tropischen Inseln, wohin ich eine Naturforscherin begleitet hatte, die Schildkrötenwanderungen untersuchte. Angela war charmant, aber eher wissenschaftlich als liebesdurstig gewesen, und ich hatte zwar eine Menge gelernt, mir aber außerdem die Hüfte verletzt, nachdem ich über irgendwelche Felsbrocken an der Küste gestolpert war. Das hatte nicht nur mich in üble Laune versetzt, sondern auch dazu geführt, dass ich ein paar äußerst seltene Schildkröteneier zerquetschte, woraufhin Angela ihrerseits böse auf mich war.

Ich freute mich auf einen ruhigen Herbst, in dem ich meine immer noch schmerzende Hüfte kurieren und mich nach etwas einigermaßen Lukrativem zum Übersetzen umtun wollte. Obwohl *Basho in Lima* mich sehr verlockte, legte ich es doch um des saftigeren Romans willen beiseite. Übersetzungen werden nach Wörtern bezahlt, und das ist ungünstig, wenn ein Buch von Haikus und weißen Stellen zu wimmeln scheint.

»Soll ich deinen Anwalt anrufen?«, unterbrach ich Nicky, als sie mit ihrer ätzenden Kritik an der italienischen Polizei und Gerichtsbarkeit endlich zum Ende zu kommen schien.

»Im Augenblick möchte ich mich lieber selbst um die Sache kümmern. Wenigstens bis ich hinter die wahre Geschichte gekommen bin und sehe, wie weit meine Verantwortung ...« Ihre normalerweise dröhnende Stimme wurde zum Flüstern. Jemand schien ins Zimmer gekommen zu sein.

»Verantwortung? Aber du hast doch gesagt, du hättest ...«

»Ach, dann blasen Sie in Zukunft doch selbst!« Offenbar waren ihre Worte an die andere Person gerichtet.

»Wirklich, Nicky«, sagte ich besorgt. »Glaubst du, du solltest so mit denen reden?«

»Es ging um das Fagott, Cassandra.« Ihre Stimme klang jetzt ungeduldig. Derjenige, der im Zimmer gewesen war, hatte es offenbar verlassen. Nicky hatte oft diese Wirkung auf Leute. »Ich brauche dich in Venedig und ganz besonders dringend brauche ich ein paar Bücher und Papiere aus meinem Arbeitszimmer, die du mitbringen sollst. Ich sage dir, welche.« Sie rasselte eine Liste herunter, und ich suchte nach meinem Kuli. Ich musste sie auf den Umschlag von *Liebende und Nonnen* schreiben. Sie ließ sie sich noch einmal vorlesen: eine Biografie, ein Konzertprogramm, ein paar kopierte Artikel und Interviews, die im Aktenschrank waren. Außerdem sollte ich einen Umschlag mit der Aufschrift PRIVAT suchen und mitbringen und eine ziemlich große Geldsumme aus einem im Arbeitszimmer versteckten Safe. Die Kombination würde ich in einem Glas Linsen in der Küche finden.

»Aber kann ich das nicht einfach alles schicken? Es wäre was anderes, wenn du im Gefängnis säßest, Nicky. Aber du weißt, dass ich gerade von einer langen Reise zurück bin, und ich muss einen ganzen Stapel spanische Bücher für Simon lesen.«

»Ich *bin* praktisch im Gefängnis. Wo *sie* mich die ganze Zeit beobachtet. Selbst beruflicher Neid ist besser als diese Art«, zischte sie.

»Aber ...«

»Um Gottes willen, Weib!« Ihr Glasgow-Dialekt kam plötzlich durch. »Begreifst du nicht, dass ich dich *brauche*?«

Als schottische Kriegerin in der Bredouille war Nicky wie immer unwiderstehlich.

»Morgen bin ich da«, sagte ich.

In Nickys Arbeitszimmer ging ich immer gern, aber selten ohne sie. Ihr hätte es nichts ausgemacht. Meine Zurückhaltung war ein Überbleibsel aus der Zeit, als es Olivia Wulfs Studierzimmer gewesen war. Als ich Olivia kennen lernte, schien sie mir mehrere hundert Jahre alt zu sein, klug wie eine Schlange und vornehm wie eine Perlenschnur. Ihre kultivierte Art schüchterte mich ein. Nicky war in einer intellektuellen, wenn auch verarmten Familie aufgewachsen, aber in meiner Familie war die einzige Person, die je auch nur ein Buch gelesen hatte, meine Tante Eavan in Chicago. Niemand war künstlerisch veranlagt und niemand spielte Musik, obwohl mein Vater in betrunkenem Zustand sang, und das in einem sehr schönen Tenor.

Die Wände waren von Bücherregalen fast verdeckt, aber hier und da hingen gerahmte Skizzen und Fotos von Olivia wie von Nicky. Groß, das glatte blonde Haar in einem tief sitzenden Knoten, in trägerlosen Gewändern und Perlen, sah Olivia immer elegant und beeindruckend aus. Nicky hingegen war nie elegant. Was mir an Nicky immer gefallen hatte, war ihr Mangel an Proportion und Besonnenheit. Es war nicht nur ihre Größe; es waren ihr Mondgesicht, ihre großen Hände und Füße, die Locken, die ihr in kastanienroten Korkenziehern vom Kopf standen. Nie hatte sie Angst, hässlich auszusehen, und sie sah ziemlich oft hässlich aus. Aber dann konnte sie auch wieder überwältigend aussehen, und die Fotos von ihren Konzertauftritten (Fagott in der Hand) zeigten das. Das Haar hochgesteckt, die Schultern nackt, der Ausschnitt tief und unwiderstehlich. Sie hatte einen Hang zu Hüten und Capes und hohen Stiefeln und Samt und Seide. Zu Farben wie Kastanienbraun und Veilchenblau und Rosenrot. Ihre Wimpern waren lang, und ihre Stimme, wenn sie nicht gerade die Fenster zum Klirren brachte, war voller Versprechen. An Verehrern, männlich oder weiblich, hatte es ihr nie gefehlt.

Olivia war in ihrer Jugend schön gewesen, und auch sie hatte viele Geliebte gehabt, neben einem offenbar lang leidenden Ehemann. Er war auch Musiker. 1937 war er während eines Gastspiels in Berlin verhaftet worden und hatte während der ›Befragung‹ einen Herzanfall erlitten. Nicky erzählte mir, dass Olivia von einer alten Flamme glücklich aus Wien herausgeholt und nach London gebracht worden war. Ihr zwanzigjähriger Sohn Jakob hatte mitkommen sollen, war aber im letzten

Augenblick verschwunden. Olivia dachte immer, er hätte seine Verlobte nicht verlassen wollen, die nicht jüdisch war. Er starb 1940 in Dachau. Nie hatte Olivia in Erfahrung bringen können, was aus seiner Frau geworden war. Nicky wurde die Enkelin, die sie nie gehabt hatte.

Diese Fotos zeigten, dass sich Olivia als Lehrerin und Mitglied des London Symphony Orchestra erfolgreich ein neues Leben aufgebaut hatte. Aber selbst dieses Leben war schon vorbei, als ich sie kennen lernte. Sie schien nur noch alt und vergesslich und brauchte Nickys ständige Fürsorge.

Vor sechs Monaten war sie gestorben und hatte Nicky alles vererbt.

Während ich noch die Fotos anstarrte, klingelte erneut das Telefon. Eine Frauenstimme mit guter, aber keineswegs perfekter britischer Aussprache sagte: »Ihre Freundin Nicola hat mich gebeten anzurufen.« Sie stellte sich nicht vor. Es war schwer, sie bei dem Wind draußen deutlich zu verstehen.

»Stimmt etwas nicht?«

»Pardon, Pardon. Kein Grund zur Aufregung. Nur jetzt, wo alles aufgeklärt ist, hat sie das Gefühl, sie war zu voreilig, und Sie brauchen nicht mehr herzukommen.«

»Oh, ich verstehe«, sagte ich. »Ist Nicky da?«

»Nein, sie packt, um nach England zurückzukehren. Alles bestens.« Ihre Vehemenz war eindeutig unecht, und ich glaubte kein Wort.

»Tja, das sind gute Nachrichten«, sagte ich. »Auf Wiederhören.«

Ich legte den Hörer auf und suchte weiter die Sachen zusammen, um die Nicky gebeten hatte. Manche waren nicht schwer zu finden. Die Biografie eines bekannten und jetzt toten Dirigenten stand genau am richtigen Platz auf dem Regal, und ein Programm des Internationalen Vivaldi-Festivals, das vor ein paar Jahren anlässlich von Vivaldis zweihundertfünfzigstem Todestag in Venedig stattgefunden hatte, lag zusammen mit anderen Programmen in einer Schachtel. Aber die Kopien waren schwerer aufzutreiben. Nicky hatte zwar ein Ablagesystem, das für sie funktionierte, aber mein Hirn war anders organisiert, und ich suchte eine Weile unter Kategorien wie Fagott und Vivaldi, ehe ich in einem Hängeregister namens *Ospedali* auf ein Nest von Artikeln stieß. Der Ordner war allerdings der richtige; Nicky hatte mir gesagt, sie wollte den mit der Aufschrift »Musikerinnen von La Pietà«.

Die meisten Artikel waren von einem Andrew McManus, der in Winnipeg lebte, aber ein paar waren auf Schwedisch und Deutsch. Es war auch ein Interview mit Nicky selbst aus einem britischen Musikjournal dabei, mit dem witzigen Titel: »Der Fall der verwaisten Fagottistinnen.« Nicky hielt ein historisches Fagott sowie eine venezianische Maske in der Hand und schaute leicht affektiert drein.

Auf entsprechende Nachfragen antwortete Nicky immer, sie hätte sich für das Fagott entschieden, weil es so groß war. Niemand belästigte sie auf dem Heimweg von der Schule, wenn sie ein Instrument trug, dessen harter Kasten auch als Waffe dienen konnte. Aber ich fand, das Fagott passte zu ihr, weil es eher ein sprechendes denn ein singendes Instrument war. Es trillerte und jauchzte nicht wie die Flöte oder die Klarinette; es grübelte, in tiefen Tönen und manchmal streitlustig; es schäumte über vor Ideen, es seufzte und lachte. Andere Instrumente schluchzten vielleicht; das Fagott weinte still, geradezu finster. Aber öfter noch diskutierte es die ganze Frage gründlich durch.

Im Arbeitszimmer stehend überflog ich einen der Artikel von Andrew McManus. Schade, dass seine Prosa so akademisch trocken war, denn die Ideen waren ziemlich interessant. Venedig hatte eine lange Tradition im Eröffnen von *ospedali*, Wohltätigkeitseinrichtungen für die Kranken und Notleidenden und Waisenhäuser für verlassene Kinder. Eins der venezianischen *ospedali*, die Pietà, spezialisierte sich auf Findelkinder, insbesondere darauf, musikalisch begabten weiblichen Findelkindern das Singen der vielen liturgischen Riten beizubringen, die in den venezianischen Kirchen gebraucht wurden. Seit den Anfängen des 17. Jahrhunderts widmeten sich alle *ospedali* der musikalischen Ausbildung und der Aufführung von Konzerten, und Anfang des 18. Jahrhunderts unterhielten sie bereits Konservatorien, an denen sich andere Mädchen in der Stadt, die noch Eltern hatten, liebend gern eingeschrieben hätten.

Die Mädchen sangen alles, vom Sopran bis zum Bass. Sie spielten jedes Instrument in Orchestern, die in ganz Europa berühmt waren. Die *ospedali* beschäftigten mehr als dreihundert auswärtige Lehrer, meistens männlich, ebenso Komponisten und Chorleiter. Antonio Vivaldi war vermutlich der berühmteste unter ihnen. 1703 fing er als Geigenlehrer in der Pietà an und diente der Institution später den größten Teil seines Lebens als Konzertmeister. Demzufolge sind, bis auf die Opern, fast alle Werke Vivaldis ursprünglich für rein weibliche Orchester komponiert und von Kammermusikerinnen gespielt worden.

Ich wandte mich dem Interview mit Nicola zu.

Interviewer: Es dürfte nicht überraschen, dass Vivaldi, der ein brillanter Geiger war, so viele Stücke für Geige komponierte.

Nicola Gibbons: Nicht im Geringsten. Es gibt mehrere hundert Sonaten und Konzerte für Violine – Solo, Duett, mit Basso continuo und Orchester. Hunderte. Nach allem, was man weiß, muss Vivaldi in der Pietà Dutzende von jungen Geigerinnen ausgebildet haben. Das eigentlich Merkwürdige ist, dass er auch 39 Konzerte für Fagott komponiert hat.

Interviewer: Das ist eine ungewöhnlich große Zahl.

Nicola: Als eine, die das Fagott-Repertoire kennt, muss ich sagen, es ist eine unglaublich große Zahl. Besonders, da seine Spieler alle Frauen waren, und die assoziiert man üblicherweise nicht mit dem Fagott.

Interviewer: Am Fagott hat ihn offenbar irgendwas angezogen ... Und doch haben Sie Recht, es ist eigenartig. Frauen werden traditionell eher mit dem Klavier, der Harfe, der Flöte in Verbindung gebracht.

Nicola: Genau! Die Frage ist, ob es eine oder mehrere überragende Fagottistinnen gab, mit denen er in La Pietà arbeitete. Ich möchte es zu gern wissen.

Interviewer: Reden wir über das Medienprojekt, das Sie verwirklichen wollen. Sie sagten, es ist eine Aufnahme von bis zu sechs CDs, Vivaldis sämtliche Fagottkonzerte auf CD, gespielt von einem rein weiblichen Orchester in historischen Kostümen und auf historischen Instrumenten. Machen Sie sich keine Sorgen, das könnte ein bisschen wenig abwechslungsreich sein? Manche Leute sagen, Vivaldi hätte fünfhundert Mal dasselbe Konzert geschrieben.

Nicola: Diese Ansicht teile ich nicht. Ich glaube, die Fagottkonzerte wären ein fabelhaftes CD-Programm! Liebend gern würde ich an so etwas arbeiten. Es würde Spaß machen, das Ganze zu dramatisieren.

Interviewer (lacht): Wen würden Sie den Vivaldi spielen lassen?

Nicola (lacht): Oh, Ralph Fiennes, denke ich. Ist er irgendwie musikalisch?

Ich schüttelte den Kopf. Nickys fixe Idee, unbedingt legitime Fagott spielende Ahnfrauen zu finden, war doch bestimmt ganz harmlos. Auf alle Fälle hielt sie das aus der Art Schwierigkeiten heraus, die ihre Mutter ihr immer prophezeit hatte. Bis jetzt jedenfalls.

Ich kehrte in die Küche zurück und stocherte in den Linsen nach der Safe-Kombination, ging dann zurück ins Arbeitszimmer. Ich war erschrocken, wie viel Geld im Safe lag. Hatte man zu dem Zweck nicht die Banken erfunden? Ebenso schockiert war ich über die Summe, die ich Nicky mitbringen sollte. Es war eine Sache, sie laut am Telefon auszusprechen, und etwas ganz anderes, sie in Scheinen abzuzählen und in eine kleine

Papiertüte zu stecken. Wozu in aller Welt brauchte sie so viel Geld?

Die Antwort mochte in dem Umschlag mit der Aufschrift PRIVAT liegen, aber der war mit Klebeband fest versiegelt. Ich schüttelte ihn ein bisschen, aber es schien nur Papier zu sein. Alles, was ich gesammelt hatte, packte ich in eine kleine Tasche und knipste die Lampen im Arbeitszimmer eine nach der anderen aus. Heute Abend wollte ich nicht mehr allzu viel über die Sache nachdenken. Nicky würde bestimmt alles erklären, wenn ich sie sah.

Als alle Lampen bis auf eine aus waren, hielt ich inne und legte ein altes Band ein, auf dem Nicky und Olivia zusammen Vivaldi spielten. Ich setzte mich auf die Couch, jetzt kein Eindringling mehr, und erinnerte mich an all die Jahre, in denen ich, die eingestandenermaßen Unmusikalische, auf der Treppe zu meiner Dachkammer gehockt und zugehört hatte, wie Fagott und Violine unten zusammen sangen.

Zwei

Ich bekam erst für den Nachmittag des nächsten Tages einen Flug nach Venedig, und als ich am Marco Polo-Flughafen ankam, sank eine feuchte Dämmerung herab. Ich hatte vorgehabt, während des Fluges die Artikel über die Musikerinnen der Pietà aus Nickys Ordner durchzusehen. Ich hatte auch vorgehabt, mir *Basho in Lima* ernsthaft anzuschauen und ein paar der anderen Bücher, die ich mitgenommen hatte, und sei es nur, um sie energisch abzufertigen und von der Liste zu streichen. Stattdessen hatte ich mich in den ersten Kapiteln von *Liebende und Nonnen* völlig festgelesen. Ich würde eindeutig meine Schwierigkeiten haben, der stürmischen Handlung zu widerstehen. Mochten die Charaktere auch Pappmaché sein, die Dialoge steif und romantisch und die Erzählung so lächerlich wie nur irgendetwas, das Gloria de los Angeles, die Mentorin dieser Frau und Königin des magischen Realismus, je ersonnen hatte – ich hing trotzdem am Haken. Was würde den vier Mädchen aus der venezolanischen Kolonialfamilie widerfahren? Hinweise darauf gaben mir Rezensionen: Lourdes hatte Visionen, Mercedes liebte Bücher, Maria würde von einem hübschen Stalljungen defloriert werden und Isabella war die rechte Hand ihrer Mutter. Welche der Schwestern würden Nonnen werden und welche Liebende? Wie viele Ex-Katholikinnen hatte ich mein heimliches Interesse an Nonnen und dem, was sie unter diesen umfangreichen Roben wirklich taten, nie verloren.

Ich nahm den Flughafenbus zur Piazzale Roma und von da ein Vaporetto den Canal Grande entlang zu einer Haltestelle in Dorsoduro, die Nicky mir genannt hatte, Accademia. Wenn man in Venedig ankommt, hat man immer dies Gefühl von Zauber und Orientierungslosigkeit. Das Hirn gerät ein wenig in Panik und meldet: *Überschwemmt. Die Straßen sind überschwemmt.* Aber die Phantasie, so viel näher am Traumzustand, murmelt dir zu: »Ja, und sollte nicht das Leben genau so sein? Einfach in Boote steigen statt in Busse oder Autos und leicht zwischen den Anlegestellen dahingleiten.«

An diesem Abend war Venedig feucht und zittrig. Donnerexplosionen kamen aus allen Richtungen – manchmal von weit her, manchmal direkt über mir, als würde die Stadt vernichtet. Wenn ein Blitz die Fassade eines alten Palazzo streifte, erwartete ich fast, der darauf folgende Donner würde ihn in Schutt und Asche legen.

Ich stieg aus dem Vaporetto, als es gerade richtig zu gießen anfing. Meine wehe Hüfte bremste mein Tempo, aber ich machte mich, das Gepäck hinter mir herziehend wie einen rechteckigen Hund, durch die dampfenden Straßen auf den Weg zu der Adresse, die Nicky mir gegeben hatte. Es war schon lange her, seit ich zuletzt in Venedig gewesen war, und es ist sowieso keine Stadt, deren Plan man leicht von einem Besuch zum nächsten in Erinnerung behält.

Binnen Minuten hatte ich mich natürlich verlaufen. Schmale Gassen liefen auf riesige leere Plätze mit einem Dutzend Ausgängen hinaus. Kanäle machten Straßen zu Sackgassen, und Brücken vermehrten sich mit verwirrender Komplexität. Ich hatte nicht daran gedacht, einen Regenschirm mitzunehmen (schließlich fuhr ich gen Süden), und war bald klatschnass.

Erst als ich ganz Dorsoduro durchquert hatte und an den Zattere herausgekommen war, der Promenade gegenüber der Insel Giudecca, konnte ich erkennen, wo ich war. Ich schaute noch einmal auf die Karte, fragte in einem Café nach dem Weg und stürzte mich wieder in das Labyrinth der Straßen. Wie das Leben so spielt, fand ich die Adresse diesmal ganz leicht, vielleicht weil ich verlegen stehen blieb, als ich ein Liebespaar sah, das sich in einem Hauseingang untergestellt hatte, und in meiner Verwirrung hochschaute und die Hausnummer sah, die Nicky mir angegeben hatte.

Der Palazzo stand in einem Garten voll tropfender Bäume und regendunkler Statuen. Ein paar Marmorstufen führten zu einer riesigen Tür mit abblätternder Farbe und einem Löwenkopf als Türklopfer. Schritte kamen auf mich zu, hallten vom Fliesenboden wider wie in einem viktorianischen Roman. Ich erwartete einen ältlichen Diener in verschlissener goldener Livree, aber es war Nicky.

»Gut! Da bist du ja endlich«, sagte sie und gab mir nur einen flüchtigen Kuss auf die Wange. »Ich habe die Hölle durchgemacht.«

Danach sah sie nicht aus. Oder eher so, als wäre die Hölle ihr gut bekommen. Obwohl ich Nicky seit zwanzig Jahren kannte, konnte ihre kraftvolle Erscheinung mich immer noch überraschen, besonders, wenn ich ihr irgendwo außerhalb ihres Hauses in Hampstead begegnete. Ihr Londoner Heim umschloss sie, passte zu ihr. Wenn man sie zu Hause in ihrer Küche sah, angetan mit ihrem Lippenstift-roten Morgenrock, dann dachte man nicht: Was für eine unglaubliche Naturgewalt von Frau. Man dachte lediglich: Da ist Nicky bei ihrem Morgentee.

Jetzt schien sie den Eingang auszufüllen, in einer langen kastanienbraunen Tunika, die an die letzten Tage des Römischen Reiches gemahnte, obwohl ein um die Schultern geschlungener Schal und die in ihre kastanienroten Locken hochgeschobene Lesebrille eher häuslich wirkten. Wie üblich trug sie teure und etwas komplizierte Schuhe; Nicky war stolz auf ihre wohlgeformten Knöchel.

»Komm rauf«, sagte sie und stieg vor mir die Marmorstufen hinauf in ein Schlafzimmer mit riesenhohen Decken und verstaubten goldenen Vorhängen. Das Doppelbett war mit Nickys Kleidern bedeckt, und Schuhe lagen über den alten Blumenteppich verstreut, als hätte sie nach Geistern geworfen. Ein großes, goldgerahmtes Bild aus der Schule von Tiepolo zeigte die Jungfrau Maria, die in einen Strudel von Engeln eingesaugt wurde.

»Hast du mitgebracht, worum ich gebeten hatte? Danke, übrigens.«

Ich überreichte ihr die Tasche und hockte mich auf die Bettkante. »Es ist viel Geld«, sagte ich versuchsweise.

Sie schnaubte nur. »Die ganze Situation ist äußerst nervig, um es milde auszudrücken. Morgen habe ich ein Konzert in Birmingham. Eine Menge Leute werden wütend sein, wenn ich nicht da bin. Ich habe keine Ahnung, wie lange diese Italiener sich einbilden mich noch in Venedig festhalten zu können.«

»Warum erzählst du mir nicht, was passiert ist?«

»Ich bin vor fünf Tagen zum Symposion über Musikerinnen zur Zeit Vivaldis hergekommen. Wir waren etwa fünfzehn, denke ich, eine Kombination aus Wissenschaftlern und Musikern. Einige von uns wurden hier im Haus untergebracht, das dem Organisator der Veranstaltung gehört, Alfredo Sandretti. Übrigens habe ich ihn kaum gesehen, außer wenn eine blumige Rede ansteht. Er überlässt seinem Sohn die ganze Arbeit. Jedenfalls, hier wohnen«, Nicky wanderte im Zimmer umher und zählte auf, »ich, Gunther aus Deutschland, Andrew aus Kanada und Bitten aus Schweden. Wir alle haben Vivaldis Fagottkonzerte aufgeführt. Bitten ist wahrscheinlich die bekannteste Barock-Fagottistin Skandinaviens. Andrew ist nicht der brillanteste Spieler, aber er hat sich zum Experten für Vivaldi gemacht. Ich wusste nicht, dass er sich inzwischen ausschließlich auf die Pietà konzentriert. Er ist Professor und hat gerade ein Freisemester, um ein Buch über seine hiesigen Forschungen zu schreiben. Jedenfalls glaube ich, sie haben uns zusammengesteckt, weil sie dachten, wir hätten viel zu bereden. Eine Oboistin ist auch hier, Holländerin oder was, ich nehme an, sie hatten sonst nirgends Platz für sie. Die Idee war, dass wir tagsüber an Seminaren teilnehmen würden und abends musizieren. Jeden Tag wurde uns eins der historischen Instrumente geliehen, um darauf zu üben. Dann nahmen sie es wieder an sich und gaben es uns beim Konzert zurück. Gestern, am letzten Tag des Symposions, waren sie wohl ein wenig lasch, denn wir hatten ein langes Mittagessen und dann spät nur eine kurze Probe. Um ehrlich zu sein, alle waren müde. Wir behielten unsere Instrumente, weil es ja nur noch wenige Stunden bis zum Konzert sein würden. Ich machte ein Nickerchen, schlief ganz tief ein, und als ich aufwachte, war das Fagott weg. Es gab eine riesige Suchaktion – Sandretti, sein Sohn, die Polizei, alle wühlten in meiner Unterwäsche. Ich konnte mir nicht vorstellen, dass sie es ernst meinten. Ich konnte einfach nicht glauben, jemand meinte, ich hätte es gestohlen. Und wieso sollte ich das vor dem letzten Konzert tun, wo es so auffallen würde?«

»Ist es viel wert?«

»Natürlich, obwohl es hätte schlimmer sein können, wenn es ein Klassiker gewesen wäre, ein Denner oder ein Hotteterre zum Beispiel. Aber es war eins der Instrumente, die tatsächlich von den Pietà-Mädchen benutzt wurden. Gehört den Sandrettis, schon Jahrhunderte in der Familie. Den Preis kenne ich nicht oder ob es überhaupt einen gibt. In Italien kostet sowieso alles Millionen von Lire. Aber wie bewertet man etwas Einmaliges?«

Ohne ein Wort der Erklärung steckte sie das Geld und den Umschlag mit der Aufschrift PRIVAT zwischen die Matratzen. Dann nahm sie die Biografie des Dirigenten und blätterte ungeduldig darin.

Ein Klopfen an der Tür unterbrach uns und ein schöner junger Mann kam mit einem Tablett herein. Ah, endlich der treue Diener, und das keinen Augenblick zu früh, denn ich war hungrig und der Anblick von Brötchen und Käse und einer Karaffe Wein höchst willkommen.

»Marco Sandretti. Cassandra Reilly«, sagte Nicky kurz angebunden und geradezu feindselig. Da Nicky die Gesellschaft attraktiver junger Leute normalerweise schätzt, konnte ich nur annehmen, dass er entweder der Feind war oder wenigstens zum feindlichen Lager gehörte. »Warum dürfen alle anderen raus, und ich muss hier bleiben?«

»Es tut mir sehr Leid«, sagte Marco. »Mein Vater hat angeordnet, dass Sie hier bleiben.«

»Ihr Vater, Ihr Vater!«, sagte Nicky, rannte herum und aß Brötchen. Sie sah aus wie Maria Callas in ihren gewichtigen Tagen als Medea. »Ich hätte die Einladung zu diesem Symposion niemals annehmen sollen. Oh, ja, aus seinem Mund klang es sehr verlockend. Eine Woche im sonnigen Italien mit fantastischem Essen und der bezaubernden Gesellschaft gleichgesinnter Musiker. Ha!«

»Heute Abend gehen wir sehr gut essen«, sagte Marco, der gehetzt aussah. »Und Ihre Freunde, sie gehen nicht weit. Es regnet. Es tut mir Leid«, sagte er noch einmal.

Wieder klopfte es an der Tür und ein junger Mann Anfang dreißig kam herein. Er ging entschlossen auf Marco zu, als wollte er ihn umarmen, aber der Italiener wich ihm geschickt aus.

»Du hast Nickys Freundin noch nicht kennen gelernt. Cassandra Reilly, Andrew McManus.«

Andrew sah gut aus, aber nicht auf Marcos dunkle, fragende, romantische Art. Andrew fiel eher in die Kategorie gestylte Müslischachtel. Sein Kopf saß dicht auf den schmalen, aber kräftigen Schultern. Er hatte eine tiefe Taille, und sein Torso wurde von großen starken Lungen aufgebläht. Die Beine andererseits waren kurz und dürr und endeten in schweren Schuhen, wie um ihn im Gleichgewicht zu halten.

Sein Gesicht war trotz der flachen Züge seltsam farbig. Die sommersprossige Haut tendierte ins Orange, die Augen waren blau, der Mund sehr rot. Er wirkte eher pflichtbewusst als entzückt, als er mich anlächelte. Wieder unternahm er eine kurze ungeschickte Attacke auf Marco, die wieder schnell vereitelt wurde.

In der nächsten Minute kamen noch zwei Personen herein. Ich erkannte sie als das Paar, das sich draußen heimlich umarmt hatte.

»Bitten und Gunther«, sagte Nicky ohne Begeisterung.

»Hallo«, sagte das Pärchen mit dem gleichen mangelnden Interesse. Sie brauchten all ihre Energie, um die Hände voneinander zu lassen. Auch ich brachte ein Hallo zustande, obwohl ich Bitten unhöflich anglotzte.

Sie war fast ein Meter achtzig, eine außergewöhnlich schöne ältere Frau. Sie trug ein korallenfarbenes Seidenhemd und einen kühlen, hellgrauen Leinenanzug mit hüftlanger Jacke. Die weichen Lederstiefel mussten handgearbeitet sein. Haar im gleichen Farbton wie das Leinen, dick und auf der Seite gescheitelt. Nicht viel Make-up, nur Eyeliner, der ihre frostig blauen Augen vergrößerte. Das Einzige an ihr, das auch nur entfernt unordentlich wirkte, war die Tatsache, dass an ihrem Seidenhemd unter der Leinenjacke drei, das heißt fast alle Knöpfe offen standen und sie keinen BH trug. War das schwedische Unverklemmtheit? Oder war ihre Fagottistinnen-Lunge so mächtig, dass sie die Bluse sprengte?

Gunther war ebenfalls ein großes strammes blondes Exemplar mit schmalen, aber kräftigen Lippen und festem Kinn, breiter Brust und halb offenem Hosenschlitz. Er war in den Dreißigern und gut fünfzehn Jahre jünger als Bitten.

Sollte man sie auf ihr Deshabille aufmerksam machen? Das blecherne, hartnäckige Piepsen eines Mobiltelefons ertönte in der peinlichen, aber gebannten Stille.

»Bitte«, sagte Gunther. »Ich muss mit meinem Handy sprechen.« Er wandte sich halb zur Seite. »Ja, ja, Frigga«, hörten wir ihn sagen. War sein Handy sein Mobiltelefon oder seine Frau?

Bitten kam zu mir. »Sie sind also hier, um Ihrer Freundin zu helfen?«, sagte sie kühl, mit einer versteckten Drohung in dem Wort *helfen*.

»Wenn ich kann.« War sie die *sie*, gegen die Nicky in ihrem Anruf gewettert hatte? Wichtiger noch, war sie die *sie*, die mich angerufen hatte, um mich am Kommen zu hindern? Die Bewunderung, die ich anfänglich für ihre fabelhafte Erscheinung empfunden hatte, wandelte sich schnell in Abneigung, während sie mich anfunkelte. Nein, es sah nicht danach aus, als könnten wir Freundinnen werden.

Nicky unterbrach uns. »Bitten, dein Hemd. Knöpfe. Ich meine, knöpf es zu, um Himmels willen. Du siehst aus wie ein Flittchen.« Mir fiel auf, dass mit dem Buch, das Nicky eben noch durchgeblättert hatte, etwas passiert war. Vielleicht war es von der kastanienbraunen Tunika verschluckt worden wie eine Elritze von einem großen Fisch.

Langsam nahm Bitten ihre arktischen blauen Augen von mir und schaute an sich hinunter. »Ach du liebe Zeit«, sagte sie abwesend und schaute zu Gunther hinüber, der immer noch »Ja, ja, Frigga« sagte.

Marco sagte: »In ein paar Minuten gehen wir zum Essen in ein Restaurant ganz in der Nähe.«

»Sie haben sicher gehört«, sagte Andrew, der mich endlich anredete, »dass sie zwar Nicky verdächtigen, uns aber alle vier zwingen, hier zu bleiben.«

»Aber Sie verdächtigen sie nicht, oder?«, fragte ich ihn. »Ich meine, im Ernst.«

»Natürlich nicht«, sagte er, aber seine Augen wichen aus.

Bitten sagte: »Tja, Tatsache ist, das Fagott ist immer noch weg. Wenn es wieder auftauchte, wären alle unsere Probleme gelöst. Wir könnten alle abreisen.« Der hasserfüllte Blick, den sie Nicky zuwarf, war unmissverständlich.

»Warum gibst du es dann nicht zurück?«, fauchte Nicky.

»Einspruch. Einspruch. Du hattest das Fagott, das Zimmer

war abgeschlossen, wie hätte ich es da bitte an mich nehmen können? Und überhaupt, ich habe das Gefühl, diese Instrumente waren uns zu treuen Händen anvertraut. Sie verkörpern die Seele der *cori.*«

»Ach, steck's dir sonst wohin«, sagte Nicky.

Mit einem abschließenden fröhlichen, aber ungeduldigen »Ja, Frigga« löste sich Gunther von seinem Handy.

Es musste seine Frau gewesen sein, denn Bitten zeigte ihm die kalte Schulter. Er schaute sie flehend an und merkte dann, dass sein Reißverschluss offen stand, woraufhin er errötete.

»Also«, sagte Marco munter. »Sind alle fertig fürs Abendessen? Wir gehen in das gleiche nette Restaurant. Tintenfisch in der eigenen Tinte, die Spezialität, Sie erinnern sich.«

»Oh, köstlich«, sagte Bitten. »Tintenfisch in der eigenen Tinte, genau das, was man jeden Abend essen kann. Warum sollen wir bestraft werden, bloß weil sie ...«

Andrew erwiderte: »Ich denke, wir sollten die Aufgabe respektieren, die Marco übernommen hat. Es ist nicht leicht für ihn, uns zusammenzuhalten und zu amüsieren.« Empörte Grunzlaute machten deutlich, dass *amüsieren* nicht ganz das richtige Wort war.

Marco blickte in die Runde. »Sind wir alle ...?«

In diesem Augenblick bemerkte ich, dass noch jemand leise hereingekommen war, eine unauffällige Frau mittleren Alters mit kurzem braunem Haar in einem braunen Regenmantel. Möglicherweise die holländische Oboistin.

»Miss de Hoog«, sagte Marco. »Cassandra Reilly.«

Wir schüttelten uns kurz die Hand. Sie hatte kluge Augen, die nicht ganz zu ihrem bemüht höflichen Gesichtsausdruck passten.

Draußen fiel ich in Gleichschritt mit Marco und zwang Andrew, mit Nicky voranzugehen. Gunther und Bitten gingen wortlos hinter uns, und Miss de Hoog bildete das Schlusslicht. Der Regen hatte aufgehört, aber die Wolken jagten immer noch dahin. Der Kanal neben dem Haus schwappte über. Alles schien nass und blank.

»Ihre Freundin Nicky«, sagte Marco vorsichtig, »sie ist eine sehr große, ich meine großherzige Frau. Aber sie mag mich nicht.«

» Ihnen ist doch sicher klar, Marco, dass ihre Situation hier ein wenig schwierig ist. Niemand lässt sich gern verdächtigen, ein Fagott gestohlen zu haben.«

»Ach, das ist alles so kompliziert«, seufzte er. »Mein Vater ist sehr traurig, zur Polizei zu gehen. Er hat viel Bewunderung für Ihre Freundin und ihr Spiel. Und auch für das große Interesse, das sie an den Mädchen zeigt.«

Lag da das wahre Problem? »Welche Mädchen?«, fragte ich vorsichtig.

»Mädchen aus früheren Zeiten. Die *cori* der *ospedali*. Es ist eine lange Tradition hier in Venedig. Sehr bemerkenswert. *Sie* ist bemerkenswert.«

»Ja, das ist sie, und als ihre langjährige Freundin muss ich sagen, dass Sie den falschen Baum anbellen. Nicky würde nie etwas Wertvolles stehlen.« Dass sie mir einst eine Geliebte geklaut hatte, strich ich aus meinem Gedächtnis. »Wenn der wahre Schuldige ans Licht kommt, können Sie darauf wetten, dass es nicht Nicky ist.« (Aber wozu brauchte sie das viele Geld? Wurde sie erpresst? Hatte sie jemanden angeheuert, das Fagott für sie zu stehlen?)

Mit dem Blick auf Nickys beachtliche Rückseite und kräftigen Schritt musste Marco seufzen. »Ich hoffe immer noch, das Ganze kann illegal gelöst werden«, sagte er ziemlich hoffnungslos.

Drei

Die Haut von Miss de Hoog war nicht eigentlich aschgrau – so ungesund nicht –, aber sie hatte etwas Staubiges, das auch ausgeprägtere Gesichtszüge eingeebnet hätte. Ihr Mund war blass, die Nase nicht bemerkenswert und ihre Augen grau wie eine Metallbox und ebenso undurchdringlich. Sie würde nie die erste Person in einer Gruppe sein, die ins Auge fiel. Sie würde auch nicht diejenige sein, an die man sich später erinnerte. Auf einem Gruppenfoto stünde sie wahrscheinlich halb verborgen hinter jemand anderem oder hätte ihre Augen gegen die Sonne geschlossen. Sie war so wenig auffällig, dass man nicht einmal auf das Bild zeigen und fragen würde: »Und wer ist das?«

Und doch war ihr Körper fest und ziemlich kräftig. Als sie vor mir ins Restaurant ging und ihren Regenmantel auszog, bemerkte ich, dass ihre Schultern breit waren und dass ihre Waden unter dem etwas zu langen Rock muskulös wirkten, als wäre sie Radfahrerin. Ihre Finger hatten mit Sicherheit Spannkraft; das hatte ich gespürt, als wir uns die Hände gaben.

Während ich mich neben sie setzte, kam mir für einen flüchtigen Augenblick die Idee: Sie verkleidet sich als hässliche Frau. Aber das war zweifellos nur ein verrückter Einfall. Ich hatte im Laufe der Jahre viele Musikerinnen kennen gelernt, und Nickys dramatische Erscheinung war die Ausnahme. Die meisten Orchesterspielerinnen sahen ganz gewöhnlich aus, manchmal sogar richtig trist: Gefäße oder Rohre, durch die Mozarts oder Sibelius' sublime Musik sich ergoss.

Auf meine erste Frage reagierte Miss de Hoog, oder Anna, so ihr Vorname, mit beflissener Gleichgültigkeit. Bezüglich ihrer Nationalität und ihres Wohnorts antwortete sie höflich, sie sei Belgierin und in Antwerpen geboren, dass ihre Arbeit sie aber in zweitrangige Städte in aller Welt führte. »Ich bin eine ziemlich unbedeutende Oboistin«, sagte sie in aufrichtiger Bescheidenheit, »aber ich habe immer Engagements.«

Auf weitere Versuche, sie auszuhorchen, ging sie nicht ein. Da ich es oft genauso mache – auch als Anna de Hoog versuchte, mich auszuhorchen –, konnte ich ihr das nicht zum Vorwurf machen. »Nein, ich lebe wohl auch nicht allzu sesshaft. Meist bin ich auf Reisen«, sagte ich.

»Und Sie reisen zum Vergnügen oder ...«

»Meist zum Vergnügen.« Nicht unwahr, aber ich hatte keine große Lust, ihre Neugier zu stillen, wenn sie meiner auswich. Trotzdem versuchte ich hartnäckig, sie aus der Reserve zu locken. Denn Nicky saß im Trauerpomp da, aß ihre Vorspeise und danach mit (für sie) geringem Appetit Pasta und ignorierte Marco, der versuchte, sich mit ihr zu unterhalten, obwohl Andrew ihn mit geschickten Fragen über italienische Fußballmannschaften ziemlich mit Beschlag belegte. Gunther und Bitten waren miteinander beschäftigt, sprachen leise auf Deutsch oder starrten sich gegenseitig halb verstohlen auf bestimmte Körperteile. Die beiden gaben ein schönes, wenn auch übergroßes Paar ab. Mich erinnerten sie an ein Kinderbuch, das ich vor langer Zeit gelesen hatte, über einen Herrn Riese, der einsam ist, bis er ein Fräulein Riese trifft, die das Leben fortan mit ihm teilt.

Erst als wir anfingen, über die venezianischen *ospedali* zu sprechen, wurde Anna de Hoog lebhaft.

»Das ist meine ganz neue Leidenschaft«, sagte sie. »Natürlich habe ich immer Vivaldi gespielt. Aber ich hatte kaum eine Ahnung, dass so viele seiner Kompositionen für Mädchen geschrieben sind. Ich finde das bezaubernd. Sehr inspirierend. Das Symposion hat mir richtig die Augen geöffnet für das reiche Erbe dieser *cori*. Ist Ihnen klar, dass es Hunderte von Musikerinnen gegeben hat, deren Namen wir gerade erst erfahren? Wer weiß, was für Schätze in Archiven und privaten Bibliotheken verborgen sind.« Eine Sekunde lang sah Annas schattenhaftes Gesicht völlig verändert aus. »In einem anderen Leben, wie gern würde ich meine ganze Zeit damit verbringen, Oboe zu spielen.«

Gunther hatte bis jetzt nichts gesagt. Nun wandte er sich lachend an Anna. »Aber du spielst doch Oboe. Du willst sagen, die Kompositionen der Musikerinnen zu spielen!«

»Tja, um einen Schatz ist die Sandretti-Bibliothek jedenfalls ärmer«, warf Andrew ein. Trotz seiner Fußballkenntnisse schien er mit Marco nicht weiterzukommen, der Nicky flehende Blicke zuwarf, die diese wiederum geflissentlich übersah.

»Wir dürfen nicht voreilig urteilen«, murmelte Anna de Hoog.

»Welche Geschichte steckt hinter dem gestohlenen Fagott?«, fragte ich und machte mir meinen unschuldigen Status als Fremde zunutze.

»Erzähl du es ihr doch, Andrew«, sagte Nicky mürrisch. »Du bist der Experte.«

Ich hatte das deutliche Gefühl, dass Nicky, mit ihrem langen und wohlbekannten Interesse an den Fagottistinnen, nicht allzu erfreut gewesen sein konnte, nach Venedig zu kommen und festzustellen, dass Andrew sich anschickte, ein Buch über das Thema zu schreiben. Als Autodidaktin war sie in Bezug auf Akademiker allgemein recht empfindlich.

»Bisher weiß ich nur, was Marcos Vater mir erzählt hat«, sagte Andrew. »Wenn ich erst mein Buch über die Pietà schreibe, werde ich natürlich viel mehr darüber erfahren. Aber das Interessante an diesem speziellen Fagott ist, dass es zweihundert Jahre in der Familie Sandretti überlebt hat.«

»Familie Brunelli«, warf Marco ein. »Die Familie meiner Mutter.«

»Soweit bekannt, existiert bis auf dieses eine kein Fagott mehr aus der Pietà. Ich glaube, das Correr Museum hat die umfangreichste Sammlung von Instrumenten aus den *ospedale*, hauptsächlich Geigen und Cellos, Hörner, sogar ein Pianoforte, aber dies ist – war – das einzige Fagott.«

»Auf welchen Instrumenten habt ihr anderen gespielt?«, fragte ich.

»Reproduktionen zum größten Teil«, erklärte Gunther. »Man nennt sie historische Instrumente, aber oft sind es Nachschöpfungen. Das gilt besonders für das Fagott. Bei der Geige ist es anders. Man kann keine Stradivari nachahmen, aber ein altes Fagott und ein neues Fagott, das auf alt getrimmt ist, tja, die klingen genau gleich.«

»Oh, Gunther, nein«, sagte Bitten. »Die Seele ist verschieden.« Wieder verhakten sich ihre Blicke ineinander und sie fassten sich unter dem Tisch an, während die Kellner von allen Seiten herbeieilten.

»Ah«, sagte Marco zu mir. »Hier ist Ihr *fegato*, eine venezianische Spezialität.«

»Fagotto? Komisch, es sieht nicht wie ein Fagott aus.«

»Nein, nein, fegato ist ...«

»Leber«, sagte Andrew mit leicht laszivem Unterton.

Es war der einzige Funke Humor in einer sonst düsteren Zusammenkunft.

Ich hatte damit gerechnet, bei meiner Freundin, der mutmaßlichen Fagott-Diebin, in der Villa untergebracht zu werden, aber als wir das Restaurant verließen, belehrte mich Marco eines anderen. Alle Räume im Palazzo seien belegt. In einem Hotel hätte ich es bequemer, und er habe sich die Freiheit genommen, mir ein Zimmer zu bestellen.

»Es ist das Hotel, in dem Ruskin die *Felsen von Venedig* geschrieben hat«, sagte er enthusiastisch und hielt dann inne. »Oder heißt es *Steine*? Ja.«

Beim Palazzo sagte ich allen Gute Nacht und schleifte meinen Koffer zu dem nahe gelegenen Hotel. Als wir uns trennten, hatte Nicky mir zugeflüstert: »Bald erkläre ich es dir.« Warum konnte sie es mir nicht jetzt sagen? Worauf wartete sie? Vor wem hatte sie Angst?

An der Hotelrezeption sollte ich mich ausweisen. Ich reise immer mit zwei Pässen – einem amerikanischen und einem irischen – und gewohnheitsmäßig benutze ich den irischen, weil das im Allgemeinen die Preise unten hält und mir mehr Sympathie einbringt. Aber da ich im Augenblick nur den amerikanischen finden konnte, zeigte ich den vor, ging dann nach oben und fiel in einen tiefen, aber unruhigen Schlaf.

Als ich am Morgen aufwachte, ging ich ans Fenster und öffnete die Läden. Der Blick ging auf die breite steinerne Seepromenade der Zattere hinaus und weiter auf die Giudecca, deren Kirchen Hauben aus weißem Dunst trugen. Die Flut stand hoch. Ich konnte sehen, dass das Wasser über die Ufermauern getreten war und unten übers Pflaster schwappte.

Es war sehr früh und ich hätte im Hotel frühstücken können, aber ich beschloss, meinen ersten richtigen Tag in Venedig zu feiern, indem ich meinen Kaffee auf der Piazza San Marco trank. Ich zog die Hälfte meiner Garderobe an, um mich gegen die Morgenkühle zu wappnen, und nahm *Liebende und Nonnen* mit. Ich spürte bereits, wie sein verführerischer Rhythmus unwillkürlich in mein Hirn drang. Auf der kurzen Vaporettofahrt von Accademia nach San Marco ertappte ich mich bei dem Gedanken: *Die uralte Stadt stieg aus dem Meer empor wie eine geheime Sammlung pastellfarbener Muscheln in Seidenpapier. Bei ihrem ersten Blick auf den Dogenpalast faltete Cassandra fest die Hände. »Mein Schicksal erwartet mich hier!«, murmelte sie.*

Die namenlose Erzählerin von *Basho in Venedig* würde eher murmeln:

Durch den Dunst
Antike Säule
Ein alter Löwe
Gähnt

Die Wirklichkeit war feuchter und salziger. Nur die abgehärtetsten Touristen liefen draußen herum; die meisten Leute waren auf dem Weg zur Arbeit. Man hatte Holzplatten wie Bürgersteige über die überfluteten Pflastersteine gelegt. Als ich den großen Platz erreichte, fand ich ihn mit etwa zwei Zentimetern Adria bedeckt, während sich gleichzeitig Nebel in sein enormes Viereck zu ergießen schien. Es war, als befände man sich mitten in einem riesigen chemischen Experiment, mit Flüssigkeit am Boden des Becherglases und Wolken von Kondenswasser, die aufstiegen und fielen und überall herumwirbelten.

Die Cafés hatten geöffnet, aber nur eine einzige einsame Gestalt saß an einem der Außentische. Durch den steigenden und fallenden Nebel gesehen machte er eine eigenartige Figur auf der Piazza. Er war schmal, ganz in Schwarz, mit schwarzen Überschuhen und Melone. Der Hut kam mir bekannt vor, ebenso die schwarzen Handschuhe, von denen ich wusste, dass sie dünn waren wie Latex.

Als ich näher kam, sah ich, dass er Ruskins *Steine von Venedig* las, und nicht die gekürzte Fassung.

»Albert?«, sagte ich ungläubig, während ich auf Zehenspitzen durch das Wasser zu seinem Tisch watete. »Albert!«

Albert Montague, wegen seines kahlen Schädels bekannt als »das Ei«, und ich waren uns einst als Rivalen in Norwegen begegnet, wo wir beide nach einer Malerin namens Cecilia Alcaron suchten. Mit leichtem Freudenschauer erinnerte ich mich, wie ich schließlich ihre Identität entdeckt und es geschafft hatte,

Albert auf einem Boot in einem Fjord am Ende der Welt zu verjagen.

Weder er noch ich hätte zugegeben, sich an die genauen Einzelheiten zu erinnern.

»Cassandra Reilly«, erinnerte ich ihn heuchlerisch.

Er lächelte sein geheimnisvolles, überraschend liebes Lächeln. »Cassandra, meine Liebe. Was in aller Welt führt Sie nach Venedig?«

»Ein Kurzurlaub«, sagte ich. »Tapetenwechsel.« Ich setzte mich und legte die Füße auf einen Stuhl, damit sie nicht durchweichten.

»Tja, ein echtes Kontrastprogramm zu England, nicht?«, sagte er in seinem ausgeprägten Manchester-Dialekt. Albert hatte in Buxton, einem ehemaligen Badeort im Peak-District, ein Kunst- und Antiquitätengeschäft. »Obwohl ich Sie nicht als venezianischen Typ einstufen würde. Sie wirken eher florentinisch auf mich: irgendwie sonniger und erdhafter. Die Venezianer sind immer kompliziert gewesen, obskur und vielschichtig. Oder, wie Ruskin sagt, *mittelalterlich*. Wie Sie wissen, fand Ruskin die Renaissance furchtbar langweilig. Hasste die Florentiner.«

Da steckte irgendwo eine Beleidigung drin, aber lachen musste ich trotzdem. »Sind Sie geschäftlich hier?«

»So könnte man sagen, meine Liebe. Ich würde es Mich-ein-wenig-Umsehen nennen. Hier und da ein Schwatz. Vielleicht ergibt sich was.« Aber er zwinkerte. »Und, wie Henry James sagte, fast jeden Interessanten, Anziehenden, Melancholischen, Bemerkenswerten, Ausgefallenen scheint es irgendwann einmal, nach vielen Tagen und viel Leben, nach Venedig zu ziehen.«

Der Kellner kam mit einem Cappuccino und Albert sprach in ganz passablem Italienisch mit ihm. Für mich bestellte er einen Kaffee. Ich musste meine Freude, in der Sache mit Cecilia über ihn triumphiert zu haben, hintan stellen und einsehen, dass es im Augenblick ganz nützlich sein konnte, die Bekanntschaft mit Albert zu erneuern. »Sie kennen sich nicht zufällig mit Blasinstrumenten aus?«, fragte ich nach einem Augenblick.

»Klarinetten, Oboen und so weiter?«

»Fagotte, genauer gesagt.«

»Ah, ja.« Er beäugte mich nachdenklich. »Fagotte. Haben Sie eins verloren, gefunden oder in einem dramatischen Karrierewechsel angefangen, eins zu spielen?«

»Eins verloren. Das heißt, man hatte einer Freundin von mir ein sehr teures barockes Fagott geliehen, und sie, äh, hat es scheint's verlegt.«

Albert hob seine schäumende Tasse Kaffee an die Lippen. Die sehr dünnen schwarzen Lederhandschuhe hatte er nicht ausgezogen. Sie erinnerten mich immer an die unsagbar bösen Finger des Schurken in einem Spionagefilm. »Gar nicht so einfach, ein Fagott zu verlegen. Selbstverständlich«, fügte er hinzu, »kann alles verloren gehen – wenn jemand anders sich dafür interessiert.«

Albert dachte einen Augenblick nach. »Ich habe hier ein paar Bekannte in derselben Branche«, sagte er schließlich. »Sehr ehrenwerte natürlich, aber sie halten die Augen offen. Wie Sie sicher wissen, gehen schöne alte Sachen in Italien mit schmerzhafter Häufigkeit verloren.«

»Wunderbar«, sagte ich, fühlte mich aber ein wenig beklommen. War es klug, Nicola mit Alberts ›ehrenwerten‹ Freunden in Verbindung zu bringen? Mir ging der Riesenstapel Banknoten nicht aus dem Sinn, den ich für sie hergebracht hatte. Hinter der Geschichte steckte mehr als ich wusste. Trotzdem gab ich Albert die Details, soweit ich konnte.

»Papier?«, fragte er. »Stift?« Ich zog einen Stift und mein Notizbuch hervor. In meiner Hast fiel auch *Liebende und Nonnen* heraus und in die zwei Zentimeter Wasser, die immer noch unter uns strudelten.

Albert hob das Buch auf. Auf dem Umschlag war die gekritzelte Liste der Dinge, die ich Nicola mitbringen sollte. Etwas weckte sein Interesse – was, konnte ich nicht sehen –, aber er sagte nur: »Neues Übersetzungsprojekt?«

Ich stopfte das feuchte Buch in meine Mappe und erzählte ihm eine kleine Lüge darüber, dann weitere Einzelheiten über das verlorene Fagott.

»Aber das sollten Sie eigentlich alles aus Nicolas Mund hören«, sagte ich.

»Vielleicht können wir später am Tag etwas zusammen trinken«, schlug Albert vor. »Wie wäre es um sechs?«

»Wunderbar, nur darf sie Sandrettis Palazzo nicht verlassen.«

»Dann komme ich zu Ihnen.« Er nahm Ruskin wieder in die Hand. »Und wenn Sie mich jetzt entschuldigen wollen, ich habe eine Verabredung.« Er zwinkerte wieder, entfaltete seinen langen, dünnen Körper, erhob sich von dem Stuhl und watete mit großen, zielstrebigen Schritten über die nasse Piazza.

In diskretem Abstand verließ auch ich die Piazza, um unter Anwendung einer weniger anmutigen Hopstechnik höheres Gelände aufzusuchen. Ich betrat eins der von hohen Arkaden überdachten Cafés und setzte mich an einen Marmortisch. Ich bestellte einen Cappuccino und etwas Toast und Joghurt. Ein plötzlicher Freudenschauer überlief mich, als ich den nassen, aber majestätischen Platz betrachtete und zwar prosaisch, aber glücklich dachte: *Ich bin in Italien. In Venedig! Und jemand anderes zahlt!!* Denn Nicola, geradezu sträflich großzügig, musste es während des Abendessens geschafft haben, meine Mappe auszuborgen und einen dicken Umschlag voller Lire hineinzustecken, nebst einem Zettel: *CR, du bist ein Kumpel.*

Die Klosterschule in *Liebende und Nonnen* gehörte jetzt der Vergangenheit an, und ich war in Kapitel drei vertieft, machte mir Notizen und versuchte ein Gefühl für den Text zu bekommen. Mit einem Teil der Terminologie würde ich wohl Schwierigkeiten kriegen, wenn ich den Übersetzungsauftrag annahm.

Nach ihrem wilden Ritt durch die Pampas stieg Maria ab

und reichte dem Stallburschen die Zügel. Er muss neu sein, dachte sie. Denn er nannte sie nicht Señorita und hielt den Blick nicht gesenkt wie die meisten. Stattdessen sah er ihr dreist ins Gesicht und murmelte mit einem Lächeln, das seine weißen Zähne zeigte: »Man sieht, dass die junge Dame eine ausgezeichnete Reiterin ist, selbst ohne Sattel.«

Sie ohrfeigte ihn. Wie konnte er es wagen, sie anzusprechen, geschweige denn eine solche Bemerkung zu machen? Sie war sechzehn und kein Kind mehr, obwohl sie ihr Leben damit verbracht hatte, von Nonnen unterrichtet zu werden. Sie wusste, was er meinte. Damen ritten nicht ohne Sattel. Dass er es wagte, sich auch nur vorzustellen ...

Es folgte weiteres geistiges und körperliches Geplänkel, bis Maria plötzlich kehrtmachte, die Entschuldigung des Stallburschen akzeptierte und anfing, ihm beim Striegeln des Pferdes zu helfen.

Es war deutlich zu erkennen, wohin das führte, wenn nicht in diesem Kapitel, dann bald. Die Pferdebox roch nach animalischem Schweiß und junger Lust. Die sexuellen Kaspereien von Maria und dem Stallburschen waren, zumindest was das Vokabular betraf, nicht mein Problem. Es waren die ganzen unbekannten und geheimnisvollen Pferdeausdrücke, die mich fertig machten. Die Autorin hatte sie wahrscheinlich in irgendeinem Band aus dem achtzehnten Jahrhundert in der obskuren Privatbibliothek einer Hazienda im tiefsten Venezuela ausgegraben. Ich hatte geglaubt, mein größtes Problem bei diesem Buch würde Nonnensprache sein; nun sah ich, dass es Stallgeflüster sein könnte.

Ich schlug *Basho in Lima* auf und begann zu lesen, langsam, wie es gelesen werden wollte. Dies zu übersetzen wäre eine echte Herausforderung, ein wunderbares Projekt voller Geheimnisse und Poesie und tiefem Gefühl. Ich spürte, wie die Sprache des Buches meinen Herzschlag leichter machte, meine Gehirnzellen neu ordnete. *Solche* Bücher sollten veröffentlicht werden, sollten auf der Welt sein. Wahrscheinlich würde es niemand kaufen, das ist wahr. Von seinem Umschlag schrien nicht die Wörter BRANDNEUER INTERNATIONALER BESTSELLER wie bei *Liebende und Nonnen*. Wenn ich kein positives Gutachten schrieb, würde es in Simons Abfalltonne landen, wie so viele Romane aus fremden Ländern, die Verleger und Agenten dem englischsprachigen Publikum voller Hoffnung zu verkaufen versuchten.

Als ich die Stadt der Träume zum ersten Mal betrat, die Stadt meiner Jugend, die Stadt der ungeahnten Möglichkeiten ...

Dann muss mein dritter Cappuccino Wirkung gezeigt haben, denn plötzlich wurde ich ungeduldig. Gab es nicht schon zu viel von der Sorte? War es nicht etwas geschraubt, ein wenig maßlos? Ich tat so, als wäre ich Simon, der fragte: »Aber wovon *handelt* das Buch, Cassandra?«

Etwa eine Stunde lang las ich abwechselnd in beiden Büchern und schaute von Zeit zu Zeit durch die großen Glasfenster auf die Piazza. Die Flut ebbte ab, allmählich kam die Sonne heraus, obwohl sich der Nebel noch in dünnen Schwaden und Fähnchen hielt. Touristen, die sich nicht von ein bisschen Feuchtigkeit abhalten ließen, bevölkerten die Arkaden; sie strömten in großen Mengen zum Dogenpalast und zur Basilika, zur Accademia und zum Rialto. Manche strömten nur im Kreis, längst verloren und benebelt.

Zu meiner Überraschung sah ich einen Bekannten in der Menge. Er fiel durch seine Größe auf. Es war der große blonde Gunther, der sich einen Weg durch die gegenüberliegende Arkade bahnte. Er hielt den Kopf gesenkt, weil er angestrengt jemandem zuhörte, der ihn auf seinem Handy anrief. Aber das war nicht der Grund, weshalb ich die Bücher hastig in die Mappe stopfte, aufsprang und aus der Café-Tür stürmte ... Der Grund war, dass Marco ihm folgte.

Und Andrew McManus folgte Marco.

Vier

Ich habe gehört, dass viele Kriminalromane in Venedig spielen. Wäre ich Krimiautorin, würde ich genau diesen Ort meiden. Venedig kann gar nicht zu oft beschrieben werden. Andererseits entdeckte ich gerade die praktischen Schwierigkeiten der Detektivarbeit. Es ist nahezu unmöglich, einem Verdächtigen zu folgen, ohne a) bemerkt zu werden und b) sich zu verlaufen.

Kurze Zeit gelang es mir, indem ich Andrews Müslischachtelkopf im Auge behielt, während ich mich in enge Hauseingänge zwängte, wieder herausschoss und versuchte, mich wenig überzeugend hinter Passanten zu verstecken, von denen viele kleiner zu sein schienen als ich. Mein einziger Vorteil war, dass Andrew Marco beobachtete, wie er Gunther folgte, und dass keiner der drei sich bisher umgedreht hatte.

Trotzdem dauerte es nicht lange, bis ich falsch abbog und alle aus den Augen verlor. Ich dachte, ich könnte in der Nähe des Rialto sein; ich befand mich in einem Dickicht von Touristenläden voller Glasartikel und ziemlich scheußlicher Masken aus silbernem und weißem Leder, gekrönt von Federn und Modeschmuck. Mittendrin war ein *fornaio*, also blieb ich stehen und kaufte ein Stück Pizza, um meine Nerven zu beruhigen, und während ich aß, schaute ich in das Schaufenster nebenan. Zuerst tat ich es als eine weitere Touristenfalle ab: einer der vielen Schreibwarenläden, die marmoriertes Papier und gebundene Notizbücher verkauften. Aber nach und nach wurde ich schwach und gestand mir ein, dass ich liebend gern genug Geld hätte, um Briefe auf formgegossenem Fabriano-Papier zu schreiben und dazu einen Glasfederhalter mit Stahlspitze in bunte Tinte zu tunken. Ehrlich gesagt waren es die Tintengläser, die mich wirklich bezauberten. Viereckig oder schmal, mit handbeschriebenen Schildchen, die Deckel mit Wachs und farbigen Bändern versiegelt, schimmerten sie schwach in Indigo, Burgund und Sepia. Ich bildete mir nicht ein, dass ich in früheren Jahrhunderten Literatin gewesen wäre (ich hätte im westlichen Irland Schweine gehütet), aber träumen durfte ich schließlich.

Federn und Papier sind romantisch; eine Frau mit einer Pizzakruste in der Hand und einem Schmierer Tomatensauce im Gesicht ist das nicht. Plötzlich sah ich mein Spiegelbild in der Scheibe und dahinter die Gestalt einer Frau, die mich neugierig betrachtete. Angesichts ihres hochgetürmten rotgoldenen Haars und ihres blassen Gesichts mit der vorstehenden schmalen Nase verstand ich Alberts Behauptung, die Venezianer gehörten zur Gotik, nicht zur Renaissance. In ihrem weißen, langärmeligen Hemd mit dem gestärkten hohen Kragen sah sie fast mönchisch aus.

Gucken ist doch wohl erlaubt, dachte ich defensiv. Dann erleuchtete ein überraschend schelmisches Grinsen ihr strenges Gesicht, und ich ging hinein.

Wir tauschten *Buon Giornos* und weitere Freundlichkeiten über das Wetter und was für ein zauberhafter Laden, ja, seit drei Generationen in der Familie, und dann fragte sie mich, ob ich Spanierin sei.

»Irin«, sagte ich, und verbesserte: »Nordamerikanerin«, und verbesserte wieder: »Aber ich reise viel. Mein Italienisch klingt spanisch, weil ich Spanischübersetzerin bin.«

»Und wen haben Sie übersetzt?«, fragte sie.

Ich konnte nicht aufhören, sie anzusehen. Ihre Augen waren so grün wie Sonnenlicht im Wald. Sie war sicher zwanzig Jahre jünger als ich, aber wenn ich meine Mütze nicht abnahm – ein hübsches Stück der kanadischen Armee aus zweiter Hand –, würde sie mein graues Haar vielleicht nicht bemerken. Man hatte mir gesagt, dass mein Kinn sich bewundernswert fest hielt, und mein Geist war immer schon der einer Jugendlichen gewesen (auch das hatte man mir oft genug gesagt).

»Gloria de los Angeles. Luisa Montiflores. Elvira Montalban. Ich heiße Cassandra Reilly.« Ich schrieb es schwungvoll mit Sepia auf den Kritzelblock.

»Francesca«, erwiderte sie und teilte mir mit, dass sie den schwülstigen magischen Realismus von Gloria de los Angeles nicht sonderlich mochte, und von Luisa Montiflores, der uruguayischen Autorin, deren neuester Roman *Tagebuch einer ersten Liebe in Montevideo* gerade einen Preis gewonnen hatte, dessen Geldwert sie auf Dauer mit Papier und Bleistift versorgen würde, hatte sie nie gehört. Glücklicherweise war Francesca ein großer Fan von Elvira Montalban, der argentinischen Autorin, deren Karriere ich in gewisser Weise erfunden hatte.

»Sie sind ihre Übersetzerin? Sie kennen Elvira Montalban?«

»Ich habe sie von Anfang an gekannt. Schon vor dem Anfang, genau genommen.«

Während ich mich im Glanz meines Berufes sonnte, ließ ich nebenbei fallen, dass ich in Venedig noch andere Interessen verfolgte als einen Arbeitsurlaub. »Meine andere Leidenschaft ist die Musik. Ganz besonders liebe ich das Fagott.«

»Fagott?«, fragte sie, denn ich hatte das englische Wort benutzt.

»*Fegato*«, sagte ich und erinnerte mich dann, dass es Leber hieß.

Francesca brach in Gelächter aus. »*Fagotto*!«

Ich beugte mich vertraulich vor. »In Wahrheit bin ich hier, um einer Freundin zu helfen, die man beschuldigt, ein sehr altes Fagott gestohlen zu haben. Ein Fagott, das ursprünglich aus der Pietà stammt.«

Francesca wirkte ernüchtert. »Das ist ja schrecklich, falls sie es gestohlen hat.«

»Natürlich hat sie es nicht gestohlen. Jemand anders hat es gestohlen und man schiebt es ihr in die Schuhe, und sie wird von einem Mann namens Marco Sandretti und seinem Vater in einem Palazzo gefangen gehalten.«

»Sandretti?« Francescas blasses Gesicht lief rot an. »Ich habe eine Freundin namens Sandretti. Sie arbeitet in einem Plattengeschäft. Sie heißt Roberta. Marco ist ihr Bruder. Aber sie kommt mit ihrer Familie nicht aus.«

»Ein Plattengeschäft, perfekt«, sagte ich. »Sie wird sich mit Instrumenten bestens auskennen. Spielt sie eins?«

»Sie spielt in Musikgruppen Klarinette. Sie spielt auch abends auf der Piazza San Marco. Aber ja, über alte Fagotte wird sie Bescheid wissen.« Anmutig stand Francesca auf und ging ins Hinterzimmer, wo sie mit jemandem eine leicht hitzige Diskussion führte. Eine Frau kehrte mit ihr zurück. Sie war in meinem Alter und zweifellos Francescas Mutter, hatte rot gefärbte Haare und einen strengen Gesichtsausdruck, der bei meinem Anblick nicht zu einem Lächeln aufbrach.

Während wir durch die verzwickten Straßen liefen, erzählte ich Francesca ein bisschen über *Liebende und Nonnen*, das meine Mappe plötzlich sehr schwer zu machen schien.

»Ihre Schreibe geht mir ins Blut«, sagte ich. »Manchmal fühle ich mich ganz glühend lateinamerikanisch.« Ich gestand es mir ungern ein, aber die Szene in der Pferdebox war fast mehr gewesen, als ich ertragen konnte. *Francescas Nähe setzte Cassandras Haut lichterloh in Flammen.* [Oh, schon gut, die Autorin hätte ›Francesco‹ geschrieben, ›der strenge Mönch mit dem aufgestauten Feuer in den grünen Augen‹.] *Obwohl sie sich erst vor wenigen Minuten begegnet waren, spürte Cassandra ein heftiges Beben in ihrem Innern und wusste, dass ihr Leben sich von Grund auf verändert hatte.*

Das war vielleicht übertrieben, aber ich fühlte mich wirklich irgendwie unruhig, und das lag nicht bloß an den Pepperoni. Trotz meiner vielen romantischen Abenteuer und Tändeleien nahm ich Anziehung keineswegs leicht. Frauen konnten mich aus vielen Gründen anrühren – ein Lachen, ein Ausdruck von Traurigkeit, eine gemeinsame Empfindung, eine völlig unterschiedliche Empfindung –, aber immer war ein Mysterium dabei. Warum diese und nicht eine andere?

Ob Francesca irgendetwas fühlte, konnte ich nicht sagen, obwohl sie sich dauernd mit einem Lächeln an mich wandte, das ich als viel versprechend interpretierte.

Beim Plattenladen angekommen, stellte sich heraus, dass Roberta an dem Tag nicht arbeitete, sondern zu Hause mit ihrer Gruppe übte.

»Kommen Sie heute Abend zur Piazza San Marco«, lud mich Francesca ein. »Wir trinken draußen etwas und hören ihr zu, und dann können Sie ihr alle Fragen stellen, die Sie wollen.«

»Gut«, sagte ich und zögerte. »Ob ich Sie wohl zum Mittagessen einladen darf? Sie sind so hilfsbereit gewesen.«

»Schrecklich gern«, sagte sie, »aber ich muss wieder in den Laden. Meine Mutter glaubt jetzt schon, ich sei faul und suche nur nach Entschuldigungen, um nicht zu arbeiten. Ich will nicht dort arbeiten, wissen Sie, ich will ... Schriftstellerin werden.«

Sie errötete und gab mir einen schnellen Kuss auf die Wange. »Ich bin so froh, dass ich Sie getroffen habe«, sagte sie. »Wir sehen uns heute Abend, nach zehn, und dann können Sie mir alles über die berühmten Schriftstellerinnen erzählen, die Sie kennen. Elvira Montalban, ich bin tief beeindruckt! Ihr erster Roman *Die Akademie der Melancholie* ist genau die Art Buch, die ich einmal schreiben möchte.«

Seufzend machte ich mich auf den Weg durch die Menge. *Francesca war erst einen Augenblick fort, und doch sehnte Cassandra sich nach ihr mit der ganzen Kraft ihres Seins.*

Ich beschloss, zur Villa zurückzukehren und festzustellen, ob Marco mir erlauben würde, Nicky allein zum Mittagessen auszuführen, damit ich weitere Informationen aus ihr herausholen konnte. Um sechs würden wir dann Albert treffen, um etwas zu trinken und zu erfahren, ob irgendwelche antiken Schwarzmarkt-Fagotte herumschwirrten. Um acht sollte es in der Pietà eine konzertante Aufführung von Vivaldis Oper *Orlando Furioso* geben. Andrew hatte gesagt, Miss de Hoog würde mitspielen; mit einem grausamen Zwinkern hatte er mir zu verstehen gegeben, dass ihr Oboenspiel zu wünschen übrig ließ. Daraus schloss ich, dass es nicht zur Debatte stand, die Teilnahme zu verweigern. Aber hinterher würde ich mich zur Piazza San Marco begeben und Marcos Schwester Roberta Klarinette spielen hören. Und Francesca wieder sehen.

Als ich am Palazzo Sandretti ankam, war es später als ich geplant hatte, denn ich war in das falsche Vaporetto gestiegen und ohne es zu merken schon am Bahnhof, auf dem langen Weg zu den Zattere. Zu meinem Erstaunen öffnete niemand die Tür. Vielleicht hatte Marco sie alle irgendwohin mitgenommen, zum Mittagessen oder zu einer Probe. Ich fragte mich immer noch, weswegen die drei Männer früher am Morgen auf dem Rialto herumgelaufen waren. Über meiner Begegnung mit Francesca hatte ich gar nicht mehr daran gedacht.

Ich ging in mein Hotel, um mich eine Sekunde hinzulegen, aus der zwei Stunden wurden. Als ich endlich aufwachte, fühlte ich mich desorientiert und irgendwie beunruhigt. Der Morgennebel hatten sich zu feuchter Hitze verfestigt, so dass mir, als ich das Fenster zum Kanal aufriss, die hereinströmende Luft nicht frischer vorkam als die abgestandene Zimmerluft. Ich hatte zwar keine Kopfschmerzen, aber doch das Gefühl von Druck in der Schläfengegend. Was ich brauchte, war ein starker Espresso. Ich spritzte mir Wasser ins Gesicht und rieb mir die von der Bettdecke zerknitterte Haut.

Etwas Ominöses lag in der Luft, oder in meinem Blut. Eine üppige Dosis Koffein klärte zwar meinen Kopf, aber nicht meine Stimmung. Lustlos ging ich die wenigen Straßen zum Palazzo. Von drinnen hörte man das unverwechselbare Pop-pop-pop zweier Fagotte, die einander durch eine barocke Partitur jagten. Aber selbst dies normalerweise fröhliche Geplänkel klang besorgt.

Die Haustür war unverschlossen, und ich ging hinein und hörte von oben erregtes Sprechen. Jemand legte ein Telefon auf, und dann erschien Marco auf der Treppe und eilte auf mich zu, gefolgt vom ewig hilfreichen Andrew.

»Wo ist sie? Wo ist sie hin?«

»Wer?«

»Nicky Nicola. Miss Gibbons.« Er sprach es mit weichem G aus, wie Gigolo.

»Warum fragen Sie mich? Sie sollten doch auf sie aufpassen. Wenn Sie Angst hatten, sie könnte weggehen, was hatten Sie dann am späten Vormittag mit Gunther und Andrew am Rialto zu suchen?«

Er überhörte das, doch ich sah Andrew leicht zusammenzucken. »Die Polizei hat ihren Pass«, sagte Marco, »also kann sie das Land weder per Flugzeug noch per Zug verlassen. Sie könnte in jeder Stadt in diesem Land sein. Wo sollten wir suchen?«

»Das beweist nur, dass sie das Fagott gestohlen hat, Marco«, sagte Andrew.

»Das kann ich nicht glauben.«

»Natürlich hat sie es gestohlen«, sagte Bitten, die mit dem Fagott, das sie gespielt hatte, einem riesigen dunklen Ding mit vielen blanken Tasten, langsam die Treppe herunterkam. Sie sah kühl und gelassen aus, aber sie hatte einen Fleck vorn auf der Bluse und ein überhitztes Glitzern ganz hinten in den Augen. »Und dürfen wir anderen jetzt in Frieden weiterleben?«, fragte sie. »Gunther und ich haben für morgen früh unsere Rückflüge gebucht. Ich hoffe, Sie werden nicht versuchen, uns aufzuhalten.«

»Das ist furchtbar, furchtbares Durcheinander«, jammerte

Marco. »Ich habe eben mit meinem Vater telefoniert. Er kommt bald. Er wird mich umbringen.«

»Na, na«, sagte Andrew und nutzte die Gelegenheit, um einen kräftigen Arm um Marcos Schultern zu legen. »Kein Grund zur Aufregung. Es liegt nicht in deiner Verantwortung. Hätte es nie dürfen. Das ist eine Aufgabe für die ...« Seine grünen Augen musterten kurz meine kanadische Armeemütze, »die Carabinieri. Die werden sie finden, Marco.«

Ausnahmsweise schien Marco Andrews fürsorglichen Arm zu begrüßen.

»Wo ist Gunther?«, fragte ich.

»Reinigt bestimmt sein Fagott«, antwortete Bitten.

»Dann waren Sie beide praktisch den ganzen Nachmittag zusammen«, sagte ich.

»Wir müssen viel üben.«

»Heute Morgen habe ich Gunther auf der Piazza gesehen.«

»Er musste Geld wechseln.«

»Sie waren nicht bei ihm.«

»Ich war beim Frisör,« knurrte Bitten mich an. »Dann haben wir zusammen zu Mittag gegessen. Gegen drei sind wir zurückgekommen und ...« Gunther kam mit abwesendem Gesichtsausdruck und losen, feuchten Lippen herunter.

»Wer hat Nicola heute gesehen?«

Alle schauten einander an.

»Sie hat auf ihrem Zimmer gefrühstückt«, sagte Marco. »Sie hat die Tür nicht aufgemacht. Sie sagte, sie fühlt sich nicht wohl. Sie wollte schlafen.«

»Und da fühlten Sie sich sicher genug, um Gunther nachzugehen«, sagte ich.

»Mir nachzugehen?«, fragte Gunther. »Wer? Warum?«

Marco und Andrew wechselten einen Blick. Ich wollte gerade etwas sagen, als auf dem Weg Schritte ertönten. Lass es bloß Nicky sein, lass Nicky nur kurz entflohen sein, um sich ein wenig Bewegung zu verschaffen.

»Kommt das hier jemandem bekannt vor?«, fragte Albert Montague, der wie eine wandelnde Giacometti-Statue zur Tür hereinkam, dürr und existentiell, mit einem langen Paket in der Hand. Als er es auswickelte, erwies es sich als großes hölzernes Rohr, das auf der Hälfte umgebogen war. Es hatte nur wenige Löcher, keine Tasten und ein mitgenommen wirkendes Mundstück.

»Wo, wo haben Sie das gefunden?«, flüsterte Marco. Er nahm es schnell, aber ehrfürchtig in die Hand. »Wer sind Sie?«

»Albert ist ... ein Freund von mir«, erklärte ich.

»Hätte nicht gedacht, dass der Ihr Typ ist«, murmelte Bitten. Sie war beim Anblick des Fagotts seltsam entgeistert gewesen, und es war offensichtlich, dass sie am liebsten die Hand ausstrecken und es genauer untersuchen wollte. Etwas hielt sie zurück.

»Cassandra, meine Liebe«, sagte Albert. »Ich bin wirklich ein wenig perplex. Diesen Empfang habe ich nicht erwartet. Kann mir jemand erklären, was los ist? Vielleicht sollten wir uns einander zunächst vorstellen.«

Ich wollte das schnell hinter mich bringen, aber Albert bestand darauf, jedem die Hand zu schütteln. Mir fiel auf, dass mehr als eine Person danach das Bedürfnis hatte, sich das Gefühl des schwarzen Lederhandschuhs abzureiben.

»Nun«, sagte er, aber im selben Augenblick kam ein ungewöhnlich schöner älterer Mann den Weg heraufgeeilt und rief ärgerlich nach Marco. Es war ganz offensichtlich sein Vater. Anna de Hoog folgte ihm. Neben Signore Sandretti, der in einem teuren Anzug steckte, wirkte sie noch verstaubter und unscheinbarer. Sein Kopf saß auf den Schultern wie eine römische Büste auf einer gut gepolsterten Säule.

Ohne uns zu beachten begann er, seinen Sohn in leisem, schnellem Italienisch zur Rede zu stellen. Alles konnte ich nicht verstehen, aber nach Marcos elendem Gesichtsausdruck zu schließen, machte ihn sein Vater in vollem Umfang für Nickys Verschwinden verantwortlich.

»Nun hören Sie einmal zu«, sagte Andrew zu Signore Sandretti. »Ihr Sohn ist in keiner Weise zu tadeln. Es ist ein Vollzeitjob, eine so willensstarke Person wie Nicola Gibbons zu bewachen. Wenn Sie solche Sorge hatten, sie könnte mit dem Fagott verschwinden, hätten Sie sie verhaften und einsperren lassen sollen.«

»Gut, dass wir sie los sind, das ist meine Meinung«, sagte Bitten. Sie hatte das historische Fagott in die Finger bekommen und untersuchte es mit gespielter Gleichgültigkeit.

Gunther schien wie immer restlos mit seinen eigenen Träumereien beschäftigt. Mir fiel auf, dass sich keine Sorgenfalte in sein glattes Gesicht gegraben hatte, obwohl er in den Dreißigern war. Seit meiner Ankunft hatte ich ihn außer »Ja, ja, Frigga« kaum ein Wort sagen hören.

»Was bedeutet das alles?«, fragte Albert an mich gewandt.

»Die Freundin, von der ich Ihnen erzählt habe, Nicky, ist scheint's getürmt.«

»Oje oje«, sagte Albert und nahm, ein wenig gebieterisch, Bitten das Fagott wieder ab.

»Aber wenigstens ist das Fagott zurückgegeben worden«, sagte Anna de Hoog.

Signore Sandretti brach sein Verhör mit Marco ab und wandte dem Instrument in Alberts Händen seine volle Aufmerksamkeit zu.

»Dieses Instrument habe ich im Leben noch nicht gesehen«, wiederholte er in langsamem, korrektem Englisch. Er gab es Albert zurück und stellte dabei eine dramatische Verachtung zur Schau, die seine Neugier nicht ganz kaschieren konnte. »Darf ich fragen, woher Sie dieses Fagott haben?«

»Ich weiß aus sicherer Quelle«, sagte Albert, »dass dieses Instrument erst vor ein oder zwei Tagen auf den Markt gekommen ist.«

»Welchen Markt?«, fragte Andrew, der Albert fortwährend angestarrt hatte.

»Aber ich bitte Sie«, meinte Albert leise lächelnd. »Sie erwarten doch nicht im Ernst, dass ich meine Verbindungen offenbare?«

Signore Sandretti drehte sich ärgerlich um und ging nach oben. Er schloss eine Tür auf und ich erhaschte einen Blick in eine offenbar großartige Bibliothek. Bald darauf hörten wir ihn mit leiser und beschwörender Stimme ins Telefon sprechen.

»Sind wir jetzt entlassen?«, fragte Bitten.

»Bitte, nein«, sagte Marco unglücklich. »Mein Vater sagt, bitte, alle bleiben zusammen. Wir nehmen ein kleines Abendessen und gehen dann zur Aufführung heute Abend in die Pietà. Sie sind auch eingeladen, Mrs. Reilly«, teilte er mir mit. »Und Ihr Freund, Mr. Montague.«

Mir fiel auf, dass Andrew und Bitten beide aussahen, als wäre ihnen die Vorstellung von Alberts Begleitung alles andere als angenehm. Andrew rieb sich immer noch die Finger, die Alberts berührt hatten.

»Natürlich kommen Albert und ich liebend gern mit«, sagte ich.

»Ich bitte Sie, mit dem *fagotto* nicht mehr weiterzugehen«, sagte Marco. »Wir werden es hier lassen, in einem verschlossenen Raum.«

»Wenn Sie die Bemerkung entschuldigen wollen«, sagte Albert, »aber die Sicherheitsvorkehrungen hier lassen einiges zu wünschen übrig. Ich nehme es vorläufig in Verwahrung.« Er wickelte das Fagott wieder in Papier und verschnürte es fest.

Fünf

»Warum ist die Handlung von alten Opern so kompliziert?«, beschwerte ich mich, während ich versuchte, die Zusammenfassung von *Orlando Furioso* zu verstehen. Wir waren in der Pietà und warteten auf den Beginn der Aufführung. Obwohl die Pietà im Programm *La chiesa de Vivaldi* genannt wurde, war dies spezielle Gebäude erst nach seinem Tod errichtet worden. Es war eine schlichte Kirche, nicht übermäßig groß, deren obere Seitenbalkons vergittert waren. Halb versteckt hinter den Gittern hatten die Mädchen musiziert und gesungen. Es gab außerdem eine Tiepolo-Decke und harte, sehr harte, hölzerne Kirchenbänke.

»Im achtzehnten Jahrhundert achtete das Publikum während der Aufführung nie auf die Handlung«, erklärte Andrew. »Sie hörten den Arien zu, unterhielten sich aber während der Rezitative, die die Handlung vorantreiben. Deshalb schrieb der Librettist eine Einführung für das gedruckte Libretto. Die Handlung konnte also so kompliziert sein, wie er und der Komponist wollten, und nie hatten sie Bedenken, das Publikum könnte mittendrin aufspringen und sagen: ›Was geht hier eigentlich vor?‹«

»Vivaldi, er liebte die Oper«, sagte Marco. »Er war berühmt als Geiger und Komponist der Pietà, aber er schrieb auch viele Opern. Etwa vierzig oder achtzig. Sie sind aber immer verwirrend, seine Opern. Jeder liebt den Jemand, der nicht der echte

Jemand ist. Alle täuschen vor: ›Er ist mein Bruder, nicht mein Geliebter‹, Sie wissen schon. Oder sie finden heraus, dass der Diener ihr Sohn ist oder ihr Großvater.«

»Natürlich« sagte Andrew. »Die ganze europäische Geschichte hindurch wurden Kinder von ihren wahren Eltern im Stich gelassen und von anderen Leuten aufgezogen. Erst in der Renaissance wurden Waisenhäuser eingerichtet. Vorher legten die Leute ihre Babys einfach in Bäume und neben Brunnen und erwarteten, jemand würde sie mit nach Hause nehmen. Unter solchen Umständen bestand eine gewisse Wahrscheinlichkeit, dass Leute sich als Verwandte herausstellten.«

»Ja, und manchmal«, fügte Marco hinzu, »sind in den Opern die Frauen Männer und die Männer Frauen. Alle sind verkleidet, und Liebe muss geheim sein.«

Ein leichter Seufzer von Andrew. Manche Liebe war nicht gar so geheim. Vor uns saßen Bitten und Gunther, turtelnd und stöhnend. Marcos Vater war irgendwo hinter der Bühne. Und Miss de Hoog war hinter den Geigen versteckt und stimmte ihr Instrument. Sie trug ein ärmelloses schwarzes Kleid, das erkennen ließ, wie muskulös ihre Arme tatsächlich waren.

Als die Lichter erloschen, kamen die Solisten nacheinander heraus, die Frauen in tief ausgeschnittenen Abendkleidern. Orlandos Rolle, im 18. Jahrhundert sicher ein Kastrat, sollte von einem Mezzosopran gesungen werden. Während der Ouvertüre standen die Solisten einfach da und versuchten, hinreißend auszusehen. Dann setzte die Handlung ein. Orlando war noch nicht rasend, sondern hoffnungsvoll, und sang für seine verlorene Angelica.

Während der ersten ein oder zwei Arien war ich aufmerksam, aber kurz danach schienen alle Töne miteinander zu verschmelzen, wie Vivaldi – Gott hab ihn selig – das manchmal bei mir bewirkt. Ich fand zwar, dass Vivaldi leichter ins Ohr ging als Bartók, doch konnte ich beim Stil des barocken Meisters nicht immer zwischen Wiederholung und Variation unterscheiden. Also dachte ich stattdessen über Nicky nach, wo sie wohl sein mochte und was sie vor mir geheim hielt.

Seit Olivias Tod hatte Nicky mich gedrängt, in eins der drei unteren Schlafzimmer zu ziehen. Sie sagte nicht direkt, dass sie sich allein fühlte – »Es ist lächerlich, dass du dich da oben verkriechst, wenn ich in diesem verdammten Riesenhaus ganz allein herumklötere« –, so wie ich nicht direkt sagen wollte, dass die Aussicht, meine Dachkammer zu verlassen, verführerisch, aber beängstigend war. »Du solltest die Zimmer vermieten«, drängte ich sie stattdessen. »Denk an all die jungen Musikerinnen, die liebend gern in einem so schönen Haus wohnen würden. Schließlich bin ich kaum in London.«

Und zum Beweis war ich kurz nach Olivias Beerdigung erst für einen Monat nach Argentinien gefahren und dann zu einem längeren Aufenthalt nach Indonesien und Neuguinea. Nicht Übersetzungsprojekte hatten mich in die Südsee geführt. Ich schob meine Romanze mit Angela von den Schildkröteneiern vor, aber in Wirklichkeit war es meine Angst davor, dass Nicky mich brauchte. Und wie erfreut war ich insgeheim, als ich zurückkam und Nicky gerade nach Venedig aufbrach. So konnte ich alle Annehmlichkeiten ihres Hauses genießen, während ich mich endgültig unter dem Dach einnistete, so dass die Frage, ob ich nach unten ziehen wollte, bei Nickys Rückkehr gar nicht erst aufkommen konnte.

Plötzlich war der erste Akt von *Orlando Furioso* vorbei und ich wusste immer noch nicht, worüber er sich dermaßen aufregte.

»Sie ist schrecklich. Diese Anna de Hoog ist wahrhaft schrecklich«, sagte Andrew so vehement, dass der Beifall ihn kaum übertönte. »Hast du gesehen, wie der Dirigent sie angefunkelt hat, als sie sich beim B um einen Halbton verspielte? Warum zum Teufel hat dein Vater sie eingeladen?«, fragte er Marco.

Marco zuckte unglücklich die Achseln, als Albert sich entschuldigte und unsere Sitzreihe verließ. Mir war schon aufgefallen, dass Marco das Gewicht von Dingen auf sich nahm, die nichts mit ihm zu tun hatten.

»Spielen Sie ein Instrument, Marco?«, fragte ich.

»Ich? Oh, nein. Mein Vater auch nicht. Aber als er jünger war, hat er Opern gesungen. Als Tenor. Jetzt organisiert er nur. Ich auch. Es sind andere Leute, die musikalisches Talent haben.«

Für Marco hatte ich mich sofort erwärmt, aber Andrew zu schätzen fiel schwer. Offenbar hatte er nur wenig von der ironischen Selbstverachtung, die mir an anderen Kanadiern so gefiel. Aber vielleicht war er nur unsicher. Er erinnerte mich entfernt an einen Französischlehrer, den ich auf der Junior Highschool gehabt hatte, einen älteren Mann mit Toupet und einem grauenhaften Akzent (das wusste ich, weil ich ihn später in Paris nachahmte und Entsetzen erntete), der uns Dias von seinen Frankreichreisen zeigte. Auf diesen Dias schienen sich im Hintergrund immer hübsche junge Seeleute herumzutreiben.

Gunther und Bitten drehten sich um, zwei verliebte blauäugige Riesen. Sie hatten denselben entrückten Gesichtsausdruck, und ihn doppelt zu sehen war nicht auszuhalten.

»Es ist eine Beleidigung für Vivaldi«, wandte sich Andrew in echter Qual an die beiden, und Gunther nickte feierlich, hielt aber seinen Arm fest um Bitten geschlungen.

Bitten sagte: »Ich habe versucht etwas zu verstehen. Ist die Akustik so schlecht oder liegt es am Orchester? *Wir* haben uns doch bestimmt nicht so schlimm angehört wie die.«

»Es liegt nicht an der Akustik«, sagte Andrew, und ich war verblüfft über die Vehemenz seines Gefühls. »Die Sänger sind auch schrecklich. Die ganz Aufführung ist unerträglich.«

Ich wollte sagen, dass ich es so schlimm nicht fand, wusste aber, dass sie an meiner Meinung nicht interessiert sein würden. Erleichtert sah ich, wie Albert sich zwischen den zurückkehrenden Zuschauern durchschlängelte.

»Aber wo ist das Fagott?«, fragte Marco.

»Unter den gegebenen Umständen hielt ich es für das Beste, es an einen sichereren Ort unweit von hier zu bringen.«

»Was für ein sichererer Ort?«, fragte Marco, aber mit gedämpfter Stimme und auf Italienisch, denn in der Sprache hatte Albert ihm geantwortet.

Sie flüsterten hin und her, aber doch laut genug, dass wir alle, auch Bitten und Gunther, das Wort Danieli hören konnten.

Das Danieli war eins der feudalsten Hotels in Venedig, und es lag praktisch direkt neben der Pietà. War es möglich, dass Albert dort wohnte?

Der zweite Akt begann mit einem Trompetenstoß. Trotz bester Absichten gelang es mir nicht, mich an die Handlung zu erinnern, so dass ich bald ins Schwimmen kam. Auf einem barocken Kahn, der abwechselnd in aufgewühlten und ruhigen Gewässern der menschlichen Seele segelte, sehnsüchtig, ruhelos und freudig.

Neben mir lauschten Albert und Marco aufmerksam, aber Andrew hörte ich angewidert seufzen, vermutlich über die Ohren beleidigende Oboenfehler, die ich überhaupt nicht wahrnahm. Das übrige Publikum schien völlig gebannt. Zumindest bis in einem feierlichen Moment ein Handy so herausfordernd fiepte wie ein winziger Pudel, der auf den Arm genommen werden will.

Es war Gunthers Handy. Er sprach leise hinein und stand gleichzeitig auf, um sich zu entfernen. Natürlich saß er in der Mitte der Reihe. Bittens Schulterhaltung zeigte deutlich, dass sie keineswegs erfreut war, und nach ein paar Minuten, als in der Kirchenstuhlreihe gerade alle wieder zur Ruhe gekommen waren, schoss sie hoch wie ein übergroßer Schachtelteufel und schob sich hinter Gunther her nach draußen.

Die Konzentration der Sänger und Spieler geriet ins Wanken, besonders nach der zweiten Unterbrechung (aus irgendeinem Grund fühlte sich Bitten verpflichtet, mehrmals mit peinlich lauter Stimme *Scusi* zu sagen, erst recht nachdem sie einem älteren Mann, der friedlich geschlummert hatte, fast auf den Schoß gefallen war), und obwohl die Musiker mit so viel Verve wie möglich weiterspielten, wurden Andrews kritische, schmerzliche Seufzer häufiger.

In der nächsten Pause stand Marco auf und murmelte: »Ich muss Gunther sagen, er soll sein Handy ausschalten.« Ein oder zwei Augenblicke später folgte Andrew ihm hinaus.

Albert und ich blieben, wo wir waren. Als sich die Reihen um uns herum geleert hatten, sagte ich: »Es ist ziemlich ungewöhnlich, dass zwei Fagotte zur gleichen Zeit verloren gehen, finden Sie nicht?«

»Höchst ungewöhnlich«, sagte Albert, »und wahrhaftig völlig unwahr.«

»Wie meinen Sie das, unwahr?«

»Es ist mit Sicherheit ein und dasselbe Fagott.«

»Aber Signore Sandretti ...«

»Man könnte sich fragen, wieso.«

»Hatten Sie auch ganz stark den Eindruck, Bitten hätte es erkannt?«

»Ja. Aber aus irgendeinem Grund wollte sie nichts sagen.«

»Marco hielt das Fagott für das Richtige«, bemerkte ich.

»Aber als sein Vater sagte, das wäre es nicht, stimmte Marco sofort zu.«

»Was ist mit Andrew?«

»Sein Gesicht zeigt die meiste Zeit nichts als den großen Wunsch, bei Marco zu sein. Aber nein, ich bin versucht zu glauben, dass er es nicht gestohlen hat. Gunther auch nicht.«

»Warum sollte Signore Sandretti ...?«

»Das muss sich noch erweisen. Inzwischen ist das Fagott in Sicherheit.«

»Im Danieli?«

Albert lächelte, sagte aber nur: »Aha, Sie können also auch auf Italienisch horchen. Eine nützliche Fähigkeit.«

Zur Eröffnung des dritten Aktes kam keiner unserer Freunde

zurück, ein Fernbleiben, das die Mitwirkenden bestimmt zu schätzen wussten. Vielleicht lag es an der Abwesenheit der kritischen Stimme neben mir, aber diesmal hörte und fühlte ich die Musik von den Eröffnungstakten an. Trotz der harten Sitze und der unvollkommenen Akustik drang mir der Gesang jetzt mit heftiger Süße in die Knochen. Festlich, schlicht, übermütig, tragisch trug mich die Musik Flüsse hinunter und tanzte mit mir in verspiegelten Empfangssälen. Ich schloss die Augen, und als ich sie wieder öffnete, erhaschte ich sekundenlang einen Blick in eine andere Welt als die oberflächliche und grelle, in der ich lebte. Natürlich war es keine perfekte Welt, denn sie war von menschlichen Wesen erschaffen, die Intrigen, Verwicklungen, Luxus und Rache liebten. Emotional war diese Welt nicht einfacher, aber lebendiger und würdiger. Ich öffnete die Augen und sah die Kirchenszene von einem üppig verschlungenen Guardi-Gemälde überlagert. Anstelle der kunterbunten Ansammlung von Touristen in T-Shirts und Jeans oder Made-in-China-Klamotten sah ich Seidenkleider, Samtcapes, gestickte Hosen und Strümpfe. Ich roch Schweiß und schweres Parfüm, Kerzenwachs und feuchtes Gemäuer. Aus den vergitterten Balkons ergossen sich wie Wasser die Stimmen des Chors. Und das Orchester der Frauen unten war voll schöner Fagottistinnen – alles Waisen oder Findelkinder –, die bleich und mönchisch aussahen. Wie Francesca.

Es war zu Ende, und alle verbeugten sich, viele mehrmals, eigentlich öfter als nötig. Als Albert und ich aufstanden, sah ich Bitten allein in einer Seitenbank. Vor der Kirche fanden wir Marco und Andrew an der Balustrade lehnen. Marco rauchte nervös und sah mir nicht in die Augen. Ich hatte ihn bisher nie rauchen sehen.

»Wo ist Gunther?«, fragte Bitten, die hinter uns herkam, Marco. »Ist er noch nicht zurück?«

»Von wo zurück?«, fragte Albert.

»Ach, er hat einen Spaziergang gemacht. Er fühlte sich etwas rastlos«, sagte Bitten nach einer Pause, in der sie um Fassung zu ringen schien. »Bestimmt ist er bald wieder bei uns.«

Wenn das der Fall war, warum klang sie plötzlich so nervös?

Ich war sehr darauf bedacht, die Fagottisten nach dem Konzert abzuschütteln, aber sie klumpten zusammen wie Amöben unter dem Mikroskop. Niemand sprach. Während wir uns von der Pietà entfernten, schaute sich Bitten dauernd nach Gunther um, und Andrew und Marco schienen plötzlich verlegen miteinander. Ich fragte mich, ob Andrew ein wenig von dem bekommen hatte, was er sich wünschte. Am Eingang des Hotel Danieli winkte einer der Türsteher Albert respektvoll zu. Er wohnte also wirklich dort.

Er fiel neben mir in Gleichschritt, die Melone tief in die Stirn gedrückt, die Hosen zu kurz über schwarzen Stiefeln, in denen sich das Licht der Straßenlaternen fing. Er pfiff zwischen den Zähnen eine Melodie, aber nicht aus der Vivaldi-Oper, die wir eben gehört hatten. Es war »Der Teufel und das tiefe blaue Meer«, ein Echo auf das Klarinettensolo, dem wir uns näherten. Er wollte meinen Arm nehmen, und obwohl ich bei seiner Berührung leicht schauderte, ließ ich es zu. Nicht zum ersten Mal fragte ich mich, was Alberts sexuelle Neigungen sein mochten. Angesichts seiner obskuren Mischung aus Unschuld und Verschlagenheit konnte er ebenso gut keusch sein wie polymorph ausschweifend. Nur eins konnte ich mir bei Albert nicht vorstellen: dass er glücklich verheiratet mit einer Frau und zwei Kindern in der bukolischen englischen Landschaft lebte.

Die Luft war immer noch feucht, der Himmel schwer und mondlos; jeder Atemzug schmeckte nach muffigem Salz, altem Holz und nassem Stein. Wie in der Pietà schloss ich die Augen, öffnete sie wieder und wähnte mich in einer früheren Zeit, als maskierte Frauen in weiten Umhängen in Gondeln stiegen, jene Gondeln, die in dem weiten Becken zu unserer Linken jetzt leer an ihrer Verankerung schaukelten.

Marco holte mich und Albert ein, beunruhigt, weil wir auf die Piazza San Marco und die Klarinette zusteuerten.

»Wir nehmen das Vaporetto zur Accademia«, erinnerte er mich. »Ein Nachttrunk, ja?«

»Tun Sie, was Sie wollen. Ich glaube nicht, dass ich verpflichtet bin, meine ganze Zeit mit der Gruppe zu verbringen.«

»Nein, natürlich«, murmelte Marco unglücklich, als wir den Platz erreichten.

»Woher zum Donner soll ich wissen, wo er ist?«, sagte Andrew jetzt leise zu Bitten. »Ihr hattet schließlich den Streit unter Liebesleuten.«

»Wir ...«

»Bitten, ich habe euch zwei *gehört.*«

»Wo?«

Aber dann merkten beide, dass ich abrupt stehen geblieben war und ihnen offenbar zuhörte.

Ich hörte sie auch, aber stehen geblieben war ich aus einem ganz anderen Grund. Allein an einem Tisch in dem blauweißen Licht der Piazza vor der Bibliothek hatte ich eine Gestalt mit rotgoldenem Haar in einem dunklen, eng um die Schultern gezogenen Mantel erblickt. Sie war völlig gebannt von dem Trio vor ihr, besonders von der jungen Frau, die Marco ähnlich genug sah, um seine Zwillingsschwester zu sein. Roberta Sandretti. Die gleiche gerade Nase, die entschiedenen Brauen, das dunkle, lockige Haar. Aber sie strahlte eine Energie aus, neben der ihr Bruder wie eine schwache Glühbirne wirkte. In ihren Augen leuchtete die Intelligenz ihres Vaters zusammen mit der freudigen, kontrollierten Hingabe der echten Musikerin.

Ich nahm an, dass Francesca Roberta von mir erzählt hatte, denn sie musterte mich kühn und ließ ihre Klarinette einen Augenblick sinken. Kühn und mit dem geübten Auge derjenigen, die ihre Konkurrenz abschätzt.

Wir setzten uns und bestellten überteuerte Getränke bei

einem Ober, der angesichts der wenigen Leute, die den Schritt vom mäßig interessierten Passanten zum zahlenden Gast taten, kein Recht hatte, verächtlich dreinzuschauen.

Das Spiel wurde beendet – vielleicht ein wenig früher als der Bassist und der Pianist erwartet hatten – und Roberta verneigte sich kurz zum Dank für unseren Beifall, ehe sie sich zu uns gesellte. Sie zog einen Stuhl zwischen mich und Francesca und küsste ihre Wange.

Wir stellten uns reihum vor.

»Aber den kenne ich natürlich«, sagte sie mit einer verächtlichen Handbewegung in Richtung ihres Bruders.

Francesca sagte zu mir: »Ich habe ihr von dem vermissten Fagott erzählt ...«

Ich lächelte, um anzudeuten, es wäre das Beste, in *die* Diskussion nicht sofort einzusteigen, und fragte Roberta, wo sie studiert hätte.

»Am Konservatorium«, sagte sie. »Zusammen mit Marco. Aber jetzt arbeite ich in einem Plattenladen und er ist Laufjunge für meinen Vater.«

Sie schien ihn absichtlich zu provozieren. Er sagte etwas in Dialekt, das ich nicht ganz mitbekam, und sie antwortete ihm genauso schnell mit einer rüden Geste in Richtung Andrew, der einen Arm auf die Rücklehne von Marcos Stuhl gelegt hatte.

Marco sprang auf. Roberta sprang auf. Francesca sah stolz, aber beunruhigt aus, Andrew verwirrt, Bitten abwesend. Nur Albert dachte an Intervention. Eine schwarz behandschuhte Hand auf Polizistenart ausgestreckt, blies er in eine imaginäre Trillerpfeife. Darauf ließ er eine kurze taktvolle Rede folgen, des Inhalts, dass es für alles eine Zeit und einen Ort gäbe.

Roberta drehte uns den Rücken zu und ging zu ihrem Platz beim Klavier, und Marco setzte sich niedergeschlagen hin, doch nicht ohne mir vorher noch die Gelegenheit zu geben, eine letzte Grimasse rasender Wut auf seinem hübschen Gesicht zu sehen. Andrews tröstende Hand auf seiner Schulter stieß er ziemlich heftig weg.

Unsere Getränke kamen und Andrew bestand darauf, uns einzuladen. »Wir sind in Venedig«, sagte er mit einem flehenden Blick zu Marco. »An einem wunderschönen Abend.«

Das war für Marco wohl etwa so einleuchtend als würde man zu jemandem aus Winnipeg sagen: Wir sind in Winnipeg, genießen wir es!

Aber es *war* ein herrlicher Abend und die Piazza *war* zauberhaft und Roberta warf mir keine wütenden Blicke zu, als ich meinen Stuhl etwas näher an Francescas heranrückte; sie stürzte sich in etwas Wildes, das mehr Klezmer in sich hatte als Benny Goodman.

Bitten sagte: »Hört ihr die Sirene?«

Ein Polizeiboot schoss Richtung Pietà durchs Wasser.

Sechs

Ich sah Anna de Hoog zuerst nicht. Sie war von italienischer Polizei, Gondolieri und Portiers aus dem Hotel Danieli umringt. Aber die Gestalt, die man aus dem Kanal vor dem Hotel gezogen hatte, war gut zu erkennen. Es bedurfte nicht Bittens Schrei, um uns zu sagen, dass es Gunther war.

Dieser kleine Kanal ist eine der belebteren Wasserstraßen Venedigs. Außer Gondeln und Privatbooten und Lastkähnen legen an dem kleinen Dock neben dem Hotel ständig Wassertaxis an und wieder ab. Von unserer Warte aus, der Steinbrücke über dem Kanal, war das Dock unerreichbar. Man musste durchs Hotel gehen, um dorthin zu gelangen. Das tat Bitten jetzt. Wir anderen blieben auf der Brücke.

Andrew sah bleich aus. Er lehnte sich über das Brückengeländer und übergab sich. Marco klopfte ihm abwesend auf die Schulter und ging hinunter zu der Gruppe auf dem kurzen Uferkai gegenüber dem Hotel, einer Gruppe, in der ich jetzt Signore Sandretti erkannte. Die unscheinbare Anna, immer noch in ihrem schwarzen Abendkleid, stand auf der anderen Kanalseite im Mittelpunkt und erklärte offenbar, wer Gunther war. In ihrer Hast, an die Leiche ihres Geliebten heranzukommen, stieß Bitten sie beiseite.

Jetzt kamen Francesca und Roberta angerannt und schnappten nach Luft, als sie Gunthers Leiche auf dem Dock liegen sahen.

»Wer ist er?«

»Der deutsche Fagottist«, sagte ich. »Ob die Oboistin Anna de Hoog ihn wohl entdeckt hat?«

Signore Sandretti blickte hoch und bemerkte uns auf der Brücke über ihm. Ein Ausdruck von Ekel, ja Wut, überlief sein Gesicht, als er seine Tochter mit Francesca sah. Es erinnerte mich an Marcos Mienenspiel kurz zuvor, als sich gut aussehend für den Bruchteil einer Sekunde in Schrecken erregend wandelte. Roberta gab den Blick mit Verve zurück, aber ich spürte Francesca neben mir leicht zittern.

Bald zeigte sich, dass wir nichts tun konnten. Marco kehrte von einem Gespräch mit der Polizei zurück und sagte, wir sollten alle nach Hause gehen, der Inspektor würde uns wissen lassen, falls er am nächsten Morgen von einem von uns eine Aussage brauchte. Im Augenblick betrachteten sie es als Tod unter verdächtigen Umständen, aber erst die Autopsie könne die genaue Todesursache erbringen. Jetzt würden sie Miss Johansson und Miss de Hoog befragen.

»Aber wie ist es passiert?«, fragte ich Marco leise auf Italienisch. »Hat Miss de Hoog etwas gesehen?«

»Nein, sie kam aus der Pietà und ging ins Danieli, um dort jemanden auf einen Drink zu treffen. Es gab einen Aufruhr auf dem Dock und sie ging hinaus und konnte Gunther identifizieren.«

Marco sah niedergedrückt und auch verängstigt aus. Er vermied es, zu seinem Vater hinunterzuschauen. Ich fragte mich, ob Sandretti Marco verantwortlich machen würde. Roberta verließ die Brücke, ohne mit ihrem Bruder zu sprechen, und Francesca lächelte mir zittrig zu und trottete hinterher.

Ich warf einen letzten Blick auf die Szene unter mir, wo Bitten wie eine gefallene Walküre zu Füßen eines erschlagenen Kampfgenossen niedergesunken war, und folgte dann zögernd Marco und Andrew zurück nach Dorsoduro. Niemand hatte bisher das Wort Mord erwähnt, aber es lag in der Luft wie der brackige Geruch der Kanäle.

Und ich dachte: Wie ungünstig, dass Nicky sich ausgerechnet diesen Nachmittag aussuchen musste, um zu verschwinden.

Wobei mir einfiel, dass Albert Montague nicht unter denen gewesen war, die atemlos den Tatort erreicht hatten. Soweit ich mich erinnerte, hatte ich ihn zuletzt an unserem Tisch auf der Piazza gesehen, wie er, einen Campari vor sich, mit schwarzen Fingern vergnügt den Takt zur Klarinette klopfte.

Am nächsten Morgen erwachte ich aus einem Traum, in dem Stein unter einsamen Schritten widerhallte. Das Geräusch war draußen vor meinem Hotelfenster, in der Gasse, die zu den Zattere führte, aber die Schritte waren auch in einem Kloster. Ich hatte geträumt, ich sei eine Nonne, und in meinem Traum war das sehr angenehm. Ich hatte keine anderen Sorgen und keine andere Aufgabe als im Kreis herumzugehen und zu beten. Keine romantischen Verwicklungen machten mir das Leben schwer; ich sehnte mich allein nach der heiligen Jungfrau. Und was das Beste war, ich wusste, ich machte meine Mutter glücklich. Sie hatte selber gern Nonne werden wollen, wie sie mir einst anvertraute, und gehofft, eine ihrer vier Töchter würde diese Wahl treffen. Bei mir war es am unwahrscheinlichsten, dass ich den Schleier nehmen würde; andererseits war ich das einzige Mädchen in der Familie, das rein technisch noch Jungfrau war, was schließlich auch zählte.

Ich hatte mir mein Frühstück aufs Zimmer bringen lassen und saß mit einem Tablett mit Brötchen und Obst und Kaffee höchst luxuriös im Bett, *Liebende und Nonnen* aufgeschlagen vor mir. Nicky mochte auftauchen oder nicht, mit oder ohne Erklärungen oder Fagott. Gunthers Tod mochte aufgeklärt werden oder nicht. Aber in der zeitlosen Welt eines Romans würde das Leben weitergehen, wie ein Schiff, das die rhythmischen Wellen opulenter Prosa durchpflügt. Trotz eines gewissen Schuldgefühls meinerseits war *Basho in Lima* auf den kleinen Stapel der Bücher gewandert, die ich mitgebracht, aber noch nicht aufgeschlagen hatte. Schuld, weil ich wusste, es war echte Literatur, mit Bedacht und Absicht verfasst. Schuld, weil ich mich selbst als literarische Person betrachtete, vielseitig belesen und nicht abgeneigt, mich von der Oberfläche eines Textes bis zum tiefen Ozean der Bedeutung darunter durchzuarbeiten.

Aber ich konnte es nicht ändern, ich *musste* herausfinden, was aus den vier Schwestern wurde.

Ich war an der Stelle, wo Lourdes, das Nesthäkchen der Familie, verlangte, ins Kloster zurückzukehren und Novizin zu werden. Sie war Zeugin der halb erzwungenen Verführung ihrer Schwester Maria durch den Stallburschen gewesen, und ihr unschuldiges Gemüt hatte rebelliert und die Szene in eine biblische Vision verwandelt, von der sie fortwährend plapperte, sehr zu Marias Entsetzen. Mercedes, ihre nächstältere Schwester, die ihre fünf Sinne beisammen hatte und genau wusste, was sich in der Pferdebox abgespielt hatte, erwog ebenfalls, den Schleier zu nehmen. Nicht, weil sie unerschütterlich an Gott glaubte oder meinte, sich in einem Nonnenkloster einzusperrten sei wunderbar, sondern weil das Kloster über eine Bibliothek verfügte, und diese Bibliothek enthielt nicht nur die gesammelten Werke von Voltaire und Rousseau, sondern auch Mary Wollstonecrafts *Eine Rechtfertigung der Rechte der Frauen*, Bücher, an die sie sonst nicht herankommen konnte. In Mercedes' Worten: ›Was bleibt einer Frau mit Hirn in diesem gottverlassenen Land, denn als Nonne zu leben?«

Hin und wieder schweiften meine Gedanken zum *ospedale* della Pietà ab und zu den Musikerinnen dort. War das Waisenhaus eine Art Gefängnis, wo Musikerinnen zur Unterhaltung der venezianischen Oberschicht und ausländischer Gäste erzeugt wurden? Oder war es ein sicherer Hafen, wo man Mädchen, die sonst auf der Straße geendet wären, eine Ausbildung und ihr Auskommen sicherte, wo Talent erkannt und belohnt wurde? Was, wenn ich vor der Wahl zwischen klösterlicher musikalischer Fron und Prostitution gestanden hätte? Was hätte ich gewählt? Nonne, dachte ich, kreuzte aber hinter dem Rücken die Finger. Eingesperrt, aber wenigstens mit meinesgleichen. Vielleicht waren einige der Pietà-Mädchen genau solche Jungfrauen wie ich. Vielleicht, malte ich mir aus, hatten sie zwischen all dem Üben auf dem Fagott Zeit für einen Kuss gehabt.

Es klopfte an der Tür und das Zimmermädchen kam herein. Mir wurde bewusst, dass ich den größten Teil des Vormittags im Bett verbracht hatte und sie wahrscheinlich das Zimmer machen wollte. Aber sie wollte mir nur einen Umschlag geben, auf dem mein Name stand.

Ich öffnete ihn schnell.

Cassandra. Komm um eins zum Campo Santa Margharita in dieses Café.

N.

P.S. Sag niemandem, wo du hingehst, und pass auf, dass dir niemand folgt.

»Wer hat Ihnen das gegeben?«

Das Mädchen lächelte und zuckte die Achseln. »Die Rezeption.«

Aber als ich nach unten ging, behaupteten sie auch dort, nichts zu wissen. Ich fragte, ob noch jemand eine Nachricht hinterlassen hätte, und von Marco und den anderen war nichts da, aber der Angestellte am Empfang zog einen Zettel hervor, auf den eine einzige Frage gekritzelt war:

In welchem Orchester oder welcher Kammermusikgruppe spielt Miss de Hoog?

Konnte der von Albert sein? Ich hatte seine Handschrift noch nie gesehen, aber es sah ihm ähnlich, das am wenigsten Naheliegende wissen zu wollen.

Ich hatte gehofft, Anna de Hoog im Palazzo zu treffen; zu meiner Erleichterung saß sie mit ein paar Zeitungen und einem Buch neben sich im Garten, offensichtlich allein. Ich zog mir einen lackierten Eisenstuhl heran. Im bewegten Schatten sah ihre Haut blass und fleckig aus. Und doch war ihr Ausdruck ein Bild der Ruhe.

Ich nahm das Buch in die Hand. Es war *Die Musikerinnen von Venedig* und sah aus wie Nickys Exemplar. Als ich den Deckel aufschlug, sah ich, dass es tatsächlich ihrs war. Jemand anders hätte sich vielleicht dafür entschuldigt, in Nickys Sachen herumgeschnüffelt zu haben, nicht so die unerschütterliche Anna. Mit arglosem Lächeln sagte sie: »War es nicht nett von Nicola, mir das Buch zu leihen?«, und begann einen Vortrag über den venezianischen Wohlfahrtsstaat, der die *ospedali* ursprünglich gegründet hatte.

»Es heißt, der Grund für die vielen ausgesetzten Kinder in Venedig liege darin, dass die Männer ermutigt wurden, nicht zu heiraten, und eine riesige Kurtisanenschicht entstand. Ein Kind im Stich zu lassen war kein Stigma. Sie legten das Baby einfach in eine Art Drehtür und klingelten. Auf der anderen Seite standen die Nonnen, nahmen das Baby auf, wuschen es und brannten ihm zum Beispiel den Buchstaben ›P‹ ein, wenn es die Pietà war, die das Kind aufnahm, dann gaben sie das Baby einer Amme. Ein ausgeklügeltes System, finden Sie nicht? Ich glaube, an der Stelle, wo in der Pietà die kleine Drehtür war, gibt es immer noch ein Schild. Trotzdem, meinen Sie nicht, dass sich ein paar dieser Frauen, wenn sie Jahre später in die Konzerte gingen, gefragt haben, ob ihre Tochter unter den Mitwirkenden sein könnte? Und meinen Sie nicht, die Töchter haben sich auch gefragt, wenn sie durch das Gitterwerk zum Publikum hinausschauten: Ist meine Mutter hier?«

»Das ist zwar faszinierend«, unterbrach ich sie, »aber ...«

»Sie stellen sich wahrscheinlich Fragen über Gunthers Tod«, sagte sie ruhig. »Das war schrecklich, ganz schrecklich mit anzusehen.«

Als ich ihr in die Augen sah, erkannte ich, dass sie es ehrlich meinte.

»Weiß die Polizei mehr darüber?«

»Nein.« Sie schüttelte den Kopf. »Es ist immer ein wenig kompliziert, wenn in Italien ein Ausländer stirbt. Besonders, wenn ein Verbrechen vermutet wird. Ich glaube, seine Großmutter wurde gestern Abend benachrichtigt und ist heute Morgen angekommen.«

»Und seine Frau?«

»Er war nicht verheiratet.«

»Aber diese Frigga, mit der er dauernd über Handy gesprochen hat ...«

Anna schaute bewusst in die Ferne. »Ich hatte vor, heute abzureisen, da das Symposion zu Ende ist und die Aufführung von *Orlando Furioso* erledigt. Aber ich glaube fast, ich werde noch ein paar Tage bleiben.«

Das erinnerte mich an die Frage, die vermutlich Albert an der Rezeption für mich abgegeben hatte. »Ich nehme an, Sie müssen abreisen, weil Sie anderweitige musikalische Verpflichtungen haben?«

»Ja, natürlich.«

»Ich habe nicht mitbekommen, bei welchem Orchester Sie unter Vertrag stehen.«

»Ich stehe bei keinem unter Vertrag, mache nur Vertretungen«, sagte sie. Die Alliteration schien ihr so zu gefallen, dass sie sie wiederholte. Aber ich merkte, dass sie mich genau beobachtete und sich nicht überrumpeln lassen wollte.

»Jetzt habe ich eine Frage an Sie«, sagte sie in einem verwirrenden Flirtton, der im Widerspruch zu ihrem kühlen Benehmen und den forschenden Augen stand. »Ich finde Ihren Freund Albert Montague recht faszinierend. Ich hatte gehofft, ihn wieder zu sehen. Ist das möglich? Wie ich von Marco höre, wohnt er im Danieli.«

»Das weiß ich nicht so genau.«

»Aber er ist Ihr Freund.« Wieder dieser unecht neckische Ton.

»Eher eine alte Bekanntschaft. Er kennt sich mit verlorenen Gegenständen aus.«

»Verlorene Gegenstände«, sagte sie bedeutungsvoll. »Verlorene Fagotte?«

»Unter anderem.«

»Verlorene Gegenstände sind eine Art Spezialität von ihm?«

»Warum, haben Sie etwas verloren?« Ich wollte nicht unhöflich sein, aber ich glaubte keinen Augenblick an diese plötzliche Koketterie, besonders nicht im Hinblick auf Albert.

Anna lächelte, und etwas in ihren Augen sagte, dass ich es war, die sie attraktiv fand, nicht mein Freund »das Ei«. Das brachte mich noch mehr aus der Fassung.

In dem Augenblick wurden wir unterbrochen. Marco erschien, mit Andrew und Bitten im Schlepptau. Sie waren alle auf der Polizeiwache gewesen, erklärte Marco. Um auszusagen.

»Aber warum?«, rief Anna. »Sie waren doch gestern alle im Konzert. Obwohl Sie alle den dritten Akt verpasst haben.« Sie lachte fast fröhlich. »Tatsächlich haben nur Cassandra und ich es geschafft, die ganze Aufführung durchzuhalten. Mal ehrlich, so schlimm war es doch gar nicht, oder?«, sagte sie zu Andrew, als wüsste sie genau, was er über ihr Oboenspiel gesagt hatte.

Er wurde knallrot unter seinen Sommersprossen. Offenbar gehörte er zu denen, die lieber bösartiges Geschwätz von sich gaben als schmerzliche Wahrheiten sagten (wie der größte Teil der zivilisierten Welt).

Bitten hatte kein Wort gesagt. Ihre robuste schwedische Schönheit schien über Nacht verschwunden. Sie war in den Palazzo gegangen und Marco sah Anna streng an. »Das ist nicht zum Lachen, Miss de Hoog. Dieser Gunther, er war sehr nett und dazu ein guter Musiker. Es ist eine traurige Sache, eine schreckliche Sache, wenn er ermordet worden ist.«

»Das empfindet niemand mehr als ich«, sagte sie, plötzlich wieder sehr ernst. »Ich lache, weil ich nervös bin. Das ist alles. Ist seine Großmutter schon eingetroffen?«

»Ja. Sie ist auf der Polizeiwache. Und Miss de Hoog, die Polizei möchte Sie noch einmal befragen, nach mehr Details über das Finden der Leiche.«

»Soll ich ... auf die Wache kommen?« Sie sah ängstlich aus.

»Nein, der Inspektor, er wird in Kürze herkommen. Bitte machen Sie es sich bequem. Und Sie, Cassandra?« Marco wandte sich an mich. »Immer noch kein Wort von Nicola?«

»Nicht ein Mucks«, log ich.

»Ihr Freund, dieser Albert, er ist nicht mit uns zum Tatort gegangen. Ich habe der Polizei gesagt, er wohnt im Danieli.« Marcos Tonfall war gedämpfter und drängender geworden. »Das Fagott, haben Sie eine Idee, wo das Fagott ist?«

»Ich denke, Ihr Vater hat uns gestern sehr entschieden mitgeteilt, dass Alberts Fagott *nicht* das gestohlene Fagott ist.«

»Ja, ich weiß«, murmelte Marco unglücklich.

»Na, und?«

»Selbst Väter machen Fehler«, warf Anna de Hoog ein, die uns ein wenig näher gerückt war.

Marco fuhr sie an. »Nicht mein Vater!«

»Pardon, Pardon. Kein Grund zur Aufregung«, sagte Anna lächelnd und zog sich zurück.

Pardon, Pardon. Kein Grund zur Aufregung. Das waren die Worte der unbekannten Frau gewesen, die mich in London angerufen hatte.

In ihrem Zimmer über dem Garten hatte Bitten ihr Fagott zur Hand genommen. Sie spielte eine Reihe Akkorde zum Aufwärmen, die in ein Adagio aus einem von Vivaldis Fagottkonzerten übergingen. Ich hätte nicht sagen können, welches, aber ich hatte es oft genug gehört, denn Nicky liebte es auch. Aber Nicky hatte es nie mit einem solchen Gefühl von Verlust gespielt wie Bitten jetzt.

Sieben

Der Campo Santa Margherita hat eine längliche Form und ist ein wenig schäbig, wie ein alter Pantoffel.

Touristen scheinen ihn nicht besonders hinreißend zu finden, wenn sie ihn überhaupt finden. Da ich früh dran war, setzte ich mich in ein Straßencafé und zog *Liebende und Nonnen* heraus, aber meine Gedanken schweiften ab. Heute Morgen noch war ich völlig gefesselt gewesen. Aber ich war zu Selbstekel und Unglauben übergegangen. Wie konnte ich nur einen Gedanken daran verschwenden, das Ding positiv zu besprechen, geschweige denn ins Englische zu übersetzen? Im Englischen gab es genug miese historische Liebesromane; wir brauchten nicht noch einen aus Venezuela. Sehnsüchtig dachte ich an *Basho in Lima*. Die ungenannte Erzählerin schrieb mir ein Gedicht:

In engen Gassen
suche ich –
Hast du
für immer mich verlassen?

Ich bestellte einen Cappuccino und zwang mich zum Weiterlesen. Je eher ich diesen Schmachtfetzen hinter mich brachte, desto eher konnte ich zu den anderen Büchern im Stapel übergehen. Die älteste Schwester, die bewundernswerte Isabella, hatte die Leitung der Hazienda übernommen und mit einer Mischung aus Arglist und Tapferkeit fast im Alleingang einen Bauernaufstand niedergeschlagen. Hatte sie es so arrangiert, dass der hübsche Stallbursche in dem Aufruhr umkam? Vielleicht nicht, aber Maria gab ihrer Schwester die Schuld an seinem Tod. Ihre Schwangerschaft wurde gerade sichtbar, und sie war untröstlich.

Endlich war es Zeit, Nicky zu treffen. Das Café, das sie mir bezeichnet hatte, war voll mit Flipper spielenden Studenten. Aber es gab ein Hinterzimmer, wo sich deprimiert wirkende junge Leute in Schwarz über Bücher beugten oder sich in intensivem Gespräch einander zuneigten. Nicola erwartete mich, und als ich auf sie zuging, erinnerte mich das an unsere erste Begegnung vor vielen Jahren in Islington. Es war kein Zufall gewesen. Eine Frau, die ich auf einem Schiff, das Richtung Luxor den Nil hinabfuhr, kennen gelernt hatte, erwähnte, sie hätte eine Freundin, die eine Freundin namens Nicola hätte, die vielleicht ein Zimmer zu vergeben hätte.

Damals waren wir beide um die Dreißig, ich drunter, sie drüber. Ich hatte mich ein paar Jahre in der Weltgeschichte herumgetrieben und fasste gerade in der Welt der literarischen Übersetzung Fuß. Nicky hatte sich als Fagottistin bereits einen Namen gemacht und lebte schon seit fast zehn Jahren in Olivias Haus. Nicky machte gerade ihren Abschluss in Musik, als sie hörte, dass Olivia eine Sekretärin suchte, die mit im Hause wohnte. Nicky bewarb sich um den Job, den sie als befristete Beschäftigung ansah, während sie sich in der Londoner Musikwelt etablierte. Allmählich war aus dem Job über eine Freundschaft eine so starke Bindung entstanden wie bei Familienbanden. Olivia war nicht mehr Nickys Mentorin, sondern jemand, für den Nicky verantwortlich war.

Unterschiedlich im Temperament – Nicky war kühn, frisch, offen und Olivia oft verschlossen und ein wenig übellaunig – waren doch beide leidenschaftliche Musikerinnen, und ihr

Leben drehte sich ausschließlich um Üben, Proben und Aufführungen. Als Olivias Arthritis sie schließlich zwang, den Bogen niederzulegen, jedenfalls was Konzerte betraf, unterrichtete sie weiter. Erst ganz zum Schluss, ein Jahr vor ihrem Tod, hörte sie auf zu spielen. Und selbst dann hatte Olivia niemals aufgehört, Musik zu hören.

Olivia und ich hatten nichts gemeinsam. In den ersten Jahren, nachdem Nicky mir spontan die Dachkammer angeboten hatte, tat Olivia so, als existierte ich kaum. Das riesige Haus hatte zwei Treppen, und ich konnte durch die Küche und die ehemaligen Dienstbotenzimmer kommen und gehen, ohne Olivia je zu sehen. Nicky schalt mich manchmal. »Sie wird dich nicht beißen.«

»Sie kann mich nicht leiden. Sie weiß, dass meine Großeltern Bauern waren.«

»Quatsch«, sagte Nicky. »Sie findet dich faszinierend. Sie fragt mich oft, wo du gewesen bist und was du gemacht hast.«

Das war eine freundliche Lüge. Von wegen ›beißt nicht‹, Olivia hatte scharfe Zähne und benutzte sie auch. Bei ihrer Adoptivtochter Nicky niemals, aber ich bekam ihren Biss oft genug zu spüren. ›Ach, Cassandra, meine Liebe‹, fing sie meist an, und ich wusste, es würde ein Ersuchen folgen, das darauf abzielte, mich auf meinen Platz zu verweisen.

Warum blieb ich dann fast zwanzig Jahre in ihrem Hause wohnen? Einmal kostete es nichts, dank Nicky, und hauptsächlich war ich kaum jemals da. In manchem Jahr verbrachte ich nur einen Monat dort, in anderen höchstens sechs. Es war eine Adresse in einem höchst respektablen Teil der Stadt (im Gegensatz zu Peckham, wo ich bis dahin ein Wohnschlafzimmer gehabt hatte), ein Telefonservice, ein fester Punkt im Universum. Es erlaubte mir, meine Kleider irgendwo zu lassen und einen Schreibtisch zu haben. Es erlaubte mir dazuzugehören, ohne jedoch Verantwortung zu übernehmen.

Ich blieb, weil auch Nicky das wollte, weil Nicky, trotz unserer Hochs und Tiefs, eine echte Freundin war. Und vielleicht blieb ich auch wegen der Musik.

»Ich nehme an, du weißt, dass du dich in eine noch schlimmere Situation manövriert hast als vor zwei Tagen«, sagte ich im Näherkommen und viel barscher als geplant, wohl um die Welle von Sentimentalität und Erleichterung zu verdecken, die mich überschwemmt hatte, als ich sah, dass sie wohlauf war.

»Was meinst du damit?«

»Gunthers Tod natürlich! Erst hatten sie dich nur im Verdacht, ein historisches Fagott gestohlen zu haben. Jetzt denken sie, du hast jemanden ermordet.«

»Ach, das ist doch lächerlich. Wer hat ihn getötet? Wann?« Nicky sah beunruhigt aus, aber besser als vor zwei Tagen. Sie trug einen anliegenden roten Pullover mit tiefem V-Ausschnitt, der reichlich Fleisch zeigte. Ich wusste, dass Nicky eher zu offenherzigen Décolletés neigte, wenn sie meinte, erfolgreich ein Ding gedreht zu haben. Nach dem Aufgebot an Schüsseln vor ihr zu schließen, war auch ihr Appetit zurückgekehrt.

»Gestern Abend. Ein Portier vom Danieli fand ihn, wie er in der Nähe der Pietà in einem Kanal trieb.«

»Also, das ist ein Jammer«, sagte sie. »Es tut mir Leid. Er war eigentlich ein ganz guter Fagottist.« Sie brütete ein wenig, dann sagte sie forsch: »Nun, dass sie mich verdächtigen, lässt sich nicht ändern. Das ist die geringste meiner Sorgen.«

»Die geringste deiner Sorgen? Darf ich dann sehr höflich fragen, *was* dir Sorgen bereitet? Offensichtlich nicht dein berufliches Ansehen.«

»Natürlich diese grässliche Bitten.«

»Sie ist nicht grässlich«, sagte ich in Erinnerung an Bittens Adagio-Spiel. »Was hat sie getan? Du denkst doch nicht etwa, sie hätte Gunther in den Kanal gestoßen?«

»Sie hat mir gesagt, sie sei Olivias Enkeltochter, das hat sie getan.«

»Was!«

»Nach dem ersten Morgenseminar des Symposions hat sie mich gefragt, ob ich Lust hätte, eine Tasse Kaffee mit ihr zu trinken. Wir waren uns nie begegnet, aber ich kannte einige ihrer Arbeiten über die Mädchen der Pietà und dachte, sie wollte sich mit mir von Frau zu Frau über die Frage der barocken Musikerinnen austauschen. Wir waren schließlich die beiden einzigen Fagottistinnen auf dem Symposion, also schien es selbstverständlich, dass wir miteinander reden und möglichst eine Allianz gegen Mr. Alleswisser McManus bilden. Ach, vergebliche feministische Hoffnung! Ehrlich gesagt dachte ich erst, sie versucht mich anzumachen, nicht unbedingt wegen meines unwiderstehlichen Körpers, sondern weil sie von meiner CD gehört hatte und mitmachen wollte. Sie horchte mich aus, stellte mir immer persönlichere Fragen über mein Leben in London. Du *weißt*, dass ich nicht die diskreteste Person der Welt bin, Cassandra. Es ist mir überhaupt nicht eingefallen, meine enge Beziehung zu Olivia zu verbergen. Ich erzählte ihr alles über unsere lange Freundschaft und dass Olivia mir das Haus und ihren ganzen Besitz und ziemlich viel Geld vererbt hat – leider habe ich mit der Geldsumme auch noch übertrieben, Cassandra. Eitelkeit, Eitelkeit ...«

»Aber wie ist sie nur auf die Idee verfallen? Ich dachte, Olivias Sohn starb in einem Konzentrationslager.«

»Das bestreitet Bitten nicht. Aber sie sagt, irgendwann während des Krieges hätte seine Witwe Elisabeth Wulf sich mit ihrem Baby oder Kleinkind nach Schweden durchgeschlagen. Es scheint, dass diese Elisabeth Bittens Mutter war, vor ihrer zweiten Heirat.«

»Warum hat Bitten so lange gebraucht, um dahinterzukommen? Warum jetzt?«

»Sie sagt, sie hat es selbst eben erst entdeckt«, sagte Nicky. »Aber ich kann unmöglich glauben, dass Bitten irgendwie mit Olivia verwandt ist. Es muss eine andere Erklärung geben.«

»Sie ist auf alle Fälle größer«, sagte ich, in Gedanken wieder bei den Fotos in Nickys Studierzimmer. »Andererseits war Olivia in ihren jüngeren Jahren eine ziemlich große Frau, und beide haben eine recht königliche Kopfhaltung, und die Augen ... Weißt du was, Nicky, ich glaube, ihre Augen sind sehr ähnlich.«

»Das finde ich nicht«, fauchte Nicky.

»Hast du ihr das auch gesagt?«, fragte ich.

»Ja. Und dann kriegte sie diesen ganz gemeinen, hochnäsigen Ausdruck – du hast ihn gesehen, Cassandra – und sagte, nach allem, was ich ihr über ihre Großmutter erzählt hätte, gäbe es gute Gründe für die Annahme, die Erbschaft wäre eigentlich für sie bestimmt gewesen, und dass ich bald von ihren Anwälten hören würde.«

»Oh, nein!«

»Ich sagte, nur über meine Leiche bekäme sie irgendetwas, das von Rechts wegen mir gehörte, und sie sagte: ›Wir werden sehen, Nicola Gibbons, wir werden sehen‹, und das, meine Liebe, ist mehr oder weniger die letzte richtige Unterhaltung, die wir hatten.«

Nicky rief den Ober herbei und bestellte noch eine Runde *gelati*. Ich konnte sehen, dass sie von alldem sehr mitgenommen war, aber kaum bereit nachzugeben.

»Das war ja dann für Bitten eine ereignisreiche Reise, was?«, überlegte ich. »Hat ihre Affäre mit Gunther nicht auch erst vor ein paar Tagen angefangen?«

»Am ersten Tag«, sagte Nicola. »Sie waren einander kaum vorgestellt worden, schon hatten sie die Hosen runter.«

»Wer, meinst du, hat ihn umgebracht?«

»Diese Frigga-Frau natürlich. Die, mit der er dauernd über Handy gesprochen hat. Er hat ihr von der Affäre erzählt und sie ist nach Venedig gekommen und hat ihn in den Kanal gestoßen. Eifersucht, schlicht und einfach. Das ist die zweitälteste Geschichte in der Geschichte der Menschheit.«

»Und welche ist die erste?«

»Sich erst zu verlieben.«

»Nicky, bist du absolut ehrlich zu mir?«

»Gleich, gib mir nur eine halbe Sekunde.« Aber ihre Augen wichen mir aus.

»Wirklich, ich muss wissen, wo du gewesen bist und was du getrieben hast. Du verstehst doch, du hast dich in eine ziemlich üble Lage gebracht, indem du am Tag von Gunthers Tod Venedig verlassen hast.«

»Ich habe ein gusseisernes Alibi.«

»Nämlich?«

»Ich habe natürlich in einem Konzert in Birmingham gespielt. Mein Name steht im Programm, meine glanzvollen Töne wurden gehört, meine Anwesenheit wurde durch Applaus bestätigt.«

»Die italienische Polizei hat deinen Pass beschlagnahmt! Wie bist du außer Landes gekommen?«

Sie hüstelte ein wenig, zauberte meinen irischen Pass aus einer Tasche hervor und schob ihn mir hin.

»Aber du und ich sehen uns überhaupt nicht ähnlich.«

»Ich habe gesagt, ich hätte zugenommen. Wir haben beide Locken«, sagte sie. »Tut mir Leid, dass ich deinen Pass stehlen musste, Cassandra, aber ich hatte wirklich keine Lust, mich deswegen mit dir zu streiten. Und überhaupt, du hast ja zwei.«

»Ist das der Grund, warum du mich zu Hilfe gerufen hast?«, fragte ich empört.

»Das Geld brauchte ich auch. Ich wusste, ein Last-minute-Flug erster Klasse würde teuer werden«, sagte sie. »Aber ich wusste auch, dass ich in der ersten Klasse wahrscheinlich weniger schikaniert werden würde.«

»Was ist mit dem ganzen anderen Zeug?«

»Begrenzt nützlich«, sagte sie, aber ihre Augen wichen wieder aus.

»Hilf meinem Gedächtnis noch mal auf die Sprünge«, sagte ich. »Der ›Privat‹-Umschlag war ...«

»Olivias Testament. Das Geld brauchte ich, um nach Birmingham zu kommen. Die Artikel waren nur zur Hintergrundinformation. In dem Festival-Programm stand etwas über die Instrumente, auf denen die Pietà-Mädchen spielten.«

»Die Biografie des Dirigenten war auch noch dabei.«

»Da wollte ich bloß ein paar Fakten nachprüfen«, sagte sie. »Was ich wirklich brauche, ist Zugang zu schwedischen Akten, nehme ich an ...« Ihre Augen nahmen mich ins Visier.

»Guck nicht mich an. Ich habe genug davon, dir zu helfen. Ich dachte, du brauchst das Geld, um die italienischen Behörden wegen des blöden Fagotts zu bestechen.«

»Ach, richtig, das Fagott«, sagte sie. »Ist es wieder aufgetaucht?«

»Ein Fagott ist aufgetaucht, aber Signore Sandretti sagt, es sei nicht das richtige. Albert sagt, es ist das richtige, und ich neige dazu, ihm zu glauben. Natürlich weiß im Augenblick niemand genau, wo er steckt.« Ich erzählte ihr von meiner zufälligen Begegnung mit Albert Montague und seinem überraschenden Auftritt mit einem barocken Fagott. Dann fuhr ich fort, weil ich mich nicht bremsen konnte, und erzählte ihr von Francesca und Roberta.

»Fabelhaft«, sagte sie begeistert. »Roberta muss ich auf der Stelle kennen lernen. Es klingt, als wäre sie genau die Person, um mir bei der Koordination der CD-Serie zu helfen. Ich brauche noch viel mehr Informationen über Musikerinnen in Venedig.«

»Was ist mit Bitten? Was ist mit dem Fagott? Was ist mit Gunther? Gehst du noch einmal in den Palazzo, um deine Kleider und Sachen zu holen und allen zu sagen, wo du gewesen bist?«

»Ich denk drüber nach«, sagte sie ausweichend. »Im Augenblick möchte ich lieber ein Weilchen untertauchen, wenigstens bis sie Frigga aufgetrieben haben. Unter Hausarrest kann ich wirklich nicht viel tun. Ist die göttliche Bitten noch in Venedig?«

»Ja. Sie und Gunther hatten beide Flüge für heute Morgen. Aber nach seiner Ermordung hat man ihr natürlich sehr zugeredet, nicht abzureisen.«

»Dann werde ich mich vor ihr in Acht nehmen«, meinte Nicky sachlich. »Deine kanadische Armeemütze kann ich wohl nicht ausborgen? Sie gefällt mir ziemlich gut.«

»Ganz bestimmt nicht. Sagst du mir wenigstens, wo du wohnst? Damit ich mich notfalls mit dir in Verbindung setzen kann?«

Sie überlegte, aber erst als ihr wieder einfiel, dass sie ja Roberta kennen lernen wollte, ließ sie sich erweichen und gab mir die Karte eines kleinen Hotels in einer Gasse in der Nähe der Frari-Kirche, nicht weit von hier. »Ich habe Zimmer sieben«, sagte sie. »Klopf zweimal.«

Acht

Nachdem ich mich von Nicky getrennt hatte, schlenderte ich eine Weile durch den Sestiere von San Polo, und als meine Hüfte sich unangenehm bemerkbar machte, fand ich eine Vaporetto-Haltestelle und sprang an Bord. Es war beruhigend, durch den Canal Grande zur Piazza San Marco zu tuckern, nichts zu hören als das schwere Aufklatschen von Wasser und das Gemurmel der Touristen. Wahrscheinlich hätte ich an der Accademia aussteigen und ins Hotel zurückkehren sollen, aber etwas in mir sträubte sich. Es war helllichter Nachmittag, die Stunde der Siesta und meine verträumteste Zeit. Lethargisch will ich nicht sagen, denn es war aktiver als das; es war eine köstliche Offenheit für das vorbeiziehende Leben, wo alles in verwitterten Ocker- und Rosafarben glühte und sich im Wasser spiegelte.

An der Haltestelle Accademia stieg Andrew McManus ein, sommersprossig und schachtelförmig, aber trotzdem gut aussehend. Er trug Strohhut und Sonnenbrille, aber ich hatte nicht den Eindruck, als wollte er sich verkleiden. Wenn überhaupt, dann spielte er eine kleine Rolle aus *Tod in Venedig* oder *Die Flügel der Taube*. Er sah mich zuerst nicht, denn ich war hinten auf dem kleinen Außendeck, aber als bei San Zaccaria die Menge sich verlief, schlängelte er sich durch das Vaporetto und setzte sich neben mich.

»Wohin fahren Sie?«, fragte er.

»Eigentlich nirgendwohin. Ich fahre nur so Richtung Lido, steige vielleicht aus und trinke einen Cappucino oder bleibe einfach an Bord. Es ist ein wunderbarer Tag für eine Reise zu Wasser.«

»Ja«, stimmte er zu. »Ich brauchte auch mal eine Pause. Ich habe nach einer Mietwohnung gesucht, bin mehreren Hinweisen nachgegangen, die ich bekommen hatte, aber es war nicht leicht. Mit dem Symposion und allem ...« Mit einer unglücklichen Handbewegung überging er die gestrigen Ereignisse. »Es wird wohl damit enden, dass ich einfach irgendwo ein Zimmer miete – wenn ich überhaupt eins finde. Ich muss mich häuslich einrichten, damit ich mit den Nachforschungen für mein Buch anfangen kann.«

»Waren Sie früher schon in Venedig?«

»Nach meinem Studienabschluss habe ich mal einen Monat hier verbracht. Ich hatte überhaupt kein Geld, keine Ahnung, wie ich irgendwen kennen lernen sollte, aber ich stocherte glücklich in den Bibliotheken nach Informationen über Vivaldi und die *ospedali*. Von Anfang an faszinierte mich die Idee eines Orchesters aus lauter Waisenmädchen. Es ist ein außergewöhnliches Konzept, wenn man es sich überlegt. Die ganze Geschichte hindurch sind Kinder von ihren Eltern verstoßen und verkauft worden, aber im Allgemeinen endeten sie als Sklaven oder Prostituierte. Vielleicht hat mich das Thema deshalb so angezogen«, sagte er, »weil ich selbst adoptiert bin.«

»Wussten Sie, dass Sie adoptiert waren? Hat man es Ihnen gesagt?«

»Sie haben es mir nicht gesagt, aber ich habe es vermutet«, sagte Andrew und seine Lippen wurden schmaler. »Es war nicht zu übersehen, dass ich meinen Eltern nicht ähnlich sah. Genau wusste ich es erst mit sechzehn, aber ich erinnere mich, wie fasziniert ich als Kind von Mythen und Märchen über Stammbäume und Familiengeheimnisse war.«

»Die Sorte, wo der König wegen irgendeiner Prophezeiung

Befehl erteilt, das Kind zu töten, und die Königin oder ihre Dienerin das Baby einem Hirten übergibt, um es aufzuziehen, und das Kind hat nichts als einen goldenen Ring, der irgendwann wieder erkannt wird?«

»Genau!«, sagte Andrew. »Solche Geschichten liebte ich.«

Wir lächelten einander an. Ich sagte: »Ich auch. Was geschah, als Sie sechzehn waren?«

»Meine Eltern ertappten mich mit einem Nachbarjungen. Glücklicherweise waren meine Noten so gut, dass ich vorzeitig zur Universität zugelassen wurde. Ich bekam ein Musikstipendium und schaute nie mehr zurück.«

»Sie besuchen sie nicht?«

»Nein. Und Sie?«

»Ich halte mit einer oder zwei meiner Schwestern Verbindung. Mein Vater ist tot. An meine Mutter denke ich manchmal. Ich möchte sie sehen, kann mir aber nicht vorstellen, dass es gut gehen würde.«

»Wir Homosexuellen sind wirklich die Findelkinder des Universums«, sagte er. »Das denke ich. Von unseren leiblichen Eltern verlassen, von neuen Verwandtschaftsgruppen adoptiert.«

Ich dachte an Nicky, die von ihren Eltern verstoßen wurde, nachdem sie während der Ferien ihr Tagebuch gefunden hatten, Nicky, die mich aufgenommen und mir ein Heim gegeben hatte, mir sogar noch mehr von ihrem Haus schenken wollte ... falls sie noch ein Haus zu verschenken hatte, wenn Bitten erst Klage einreichte.

Das Vaporetto bewegte sich jetzt gemächlich an den öffentlichen Gärten und dem Biennale-Gelände entlang und war eben im Begriff, ein Stück offenes Wasser zum Lido zu überqueren. Von unseren Sitzen im Heck aus gesehen, entfernten sich Kirchen und Türme, Paläste und Museen und bildeten ein geschlossenes Panorama, das trotz seiner Postkarten-Perfektion nichts von seinem Charme verlor.

»Oh Italien!«, sagte ich. »Kunst, Musik, Wein, Tintenfisch in der eigenen Tinte, schöne Menschen. Marco sieht fabelhaft aus, nicht? Auf diese großartige, mühelose italienische Art.«

»Es gibt wahrscheinlich keinen einzigen schwulen Mann, der nicht schon davon geträumt hat, nach Italien zu kommen und jemanden wie Marco zu finden«, sagte Andrew. »Ich freue mich so, dass ich hier ein Jahr mit ihm verbringen werde.« Das war eine eher sehnsüchtige als überzeugte Aussage, fand ich.

»Aber sind Sie denn sicher, dass Marco ...«

»Natürlich ist er das«, sagte Andrew. »Oder jedenfalls schwul genug. Ich meine, es liegt offenbar in der Familie – schauen Sie seine Schwester an.«

»Und schauen Sie sich an, wie ihr Vater und sogar Marco sie behandeln.«

»Tja, ich weiß, dass Marco mich mag, weil ... er hat mich geküsst«, platzte Andrew heraus und wurde unter seinem Strohhut knallrot. Er sah aus wie Himbeeren mit Sahne. Aber Erröten war nicht nötig; niemand in unserer Nähe verstand Englisch. Oder es war ihnen egal. Ich überlegte, ob Andrews ›küssen‹ ein Euphemismus für etwas anderes war oder wirklich nur ein Kuss, was in diesen Zeiten drastischer Handgreiflichkeiten ziemlich rührend wäre.

»War das während der zweiten Pause, als Sie beide draußen waren?« Ich goss interessiertes Mitgefühl in meine Stimme.

»Ja. Ich war ziemlich aufgebracht – erst das schreckliche Spiel und dann fing auch noch Gunthers verdammtes Handy an und Bitten verursachte einen Riesenaufruhr. Man sollte nicht meinen, dass die beiden selber Konzerte spielen. Andererseits haben sie nichts sonderlich Professionelles gestört. Aber jedenfalls folgte ich Marco hinaus und wir machten einen kurzen Spaziergang ...«

»Und sahen Gunther. Aber ich nehme an, nicht mit dem Gesicht nach unten im Kanal schwimmend.«

»Natürlich nicht. Er war mit Bitten zusammen und sie ...«

Andrew unterbrach sich. »Hören Sie, ich habe nicht die Absicht, jemanden in Schwierigkeiten zu bringen.«

»Ich verstehe.«

»Ich glaube sowieso nicht, dass sie sich ernsthaft gestritten haben. Ich glaube, sie liebte ihn wirklich. Das tat sie ganz offensichtlich, wenn man sieht, wie tief betrübt sie ist, seit man ihn gefunden hat.«

»Oh«, sagte ich. »Sie und Marco waren also Zeuge, wie Bitten und Gunther sich kurz vor seinem Tod gestritten haben, ist das richtig? Und ich nehme an, keiner von Ihnen hat das der Polizei gegenüber erwähnt?«

»Ich glaube keinen Augenblick, dass Bitten ihn getötet hat!«

»Warum nicht?«

»Weil sie, tja, das nicht tun würde. Abgesehen davon, dass sie ihn offensichtlich anbetet, ist sie zu gescheit. Es würde ihre Karriere zerstören. Sie ist eine sehr gute Vivaldi-Kennerin. Niemand hat so viel dazu getan, die Fagottkonzerte bekannt zu machen, wie sie. Ja, *jetzt* interessieren sich die Leute für die Fagottkonzerte [*welche* Leute, fragte ich mich, bis mir dämmerte, dass er Nicky meinte], aber Bitten spielt schon seit Jahren Vivaldis Konzerte. Sie ist die bekannteste Fagottistin Skandinaviens.«

Wir waren am Lido angekommen, aber weder er noch ich zeigte die Neigung auszusteigen. »Was wissen Sie über Bittens Privatleben?«, fragte ich. »Sind Sie ihr schon früher begegnet?«

»Nur einmal, vor Jahren, als ich noch Student war. Sie spielte in Toronto und ich ging hin, um sie zu sehen, und hinterher gab es eine Party. Damals hatte sie einen Ehemann. Jetzt sind sie wohl geschieden. Ich habe sie als sehr ermutigend in Erinnerung. Davon abgesehen kam sie mir natürlich steinalt vor. Sie ist wahrscheinlich zehn Jahre älter als ich.«

Eher zwanzig, dachte ich. »Sie war auch viel älter als Gunther.«

»Europäer sehen diese Dinge anders«, sagte er, und ich ahnte, dass er an sich und Marco dachte, wobei mir Francesca einfiel und der geringfügige Altersunterschied zwischen uns. Ich musste eine Möglichkeit ersinnen, wie ich sie ohne Roberta treffen konnte.

An der Haltestelle Lido stiegen neue Passagiere ein. Die Brise von der Adria war frisch und stark; sie machte mir Lust auf eine lange Seereise, nach Kreta oder in die Türkei, auf ein wenig Plündern und Seeräubern oder vielleicht nur auf ein schönes Glas Retsina. Auch Andrew reagierte darauf, schloss die Augen und träumte ein bisschen.

Schließlich fragte ich: »Was glauben Sie, wer hat Gunther getötet?«

Andrew seufzte. »Tja, ich muss sagen, es sieht nicht allzu gut aus für Nicky, ich meine, so zu verschwinden.«

»Ich werde Ihnen ein Geheimnis verraten, Andrew, oder Sie wenigstens in die richtige Richtung lenken. Sollte irgendwer sich die Mühe machen, wegen eines Konzerts in Birmingham gestern Abend mit dem Dirigenten des Tempus Fugit-Ensembles in Verbindung zu treten, dann, glaube ich, bekäme er eine ganz gute Vorstellung davon, wo Nicky war, als Gunther zu Tode kam.«

»Na, das ist eine Erleichterung«, sagte Andrew schnell. »Natürlich gebe ich die Information weiter. Ich hoffe, Sie denken nicht auch nur einen Augenblick, ich hätte ernsthaft den Verdacht gehabt ...«

»Natürlich nicht. Aber haben Sie irgendeine Idee ...?«

»Anna de Hoog«, sagte er schnell, und ich konnte sehen, wie dieser neue Einfall sich bei ihm festsetzte. »Ich hatte von Anfang an das Gefühl, dass sie sich viel zu sehr für den armen Gunther interessiert. Wirklich deprimierend, so ein altes Mädchen. Und sie kann nicht für fünf Pfennig Oboe spielen.«

Was er meinte, war ein hässliches altes Mädchen, denn Bitten war älter als Anna. Aber ich wusste, ich konnte ihn nicht davon überzeugen, dass Anna besser aussah als ihre langen Röcke und klobigen Schuhe vermuten ließen.

Es machte mich auch stutzig, dass sich Andrew so über Annas musikalisches Talent beschwerte, wo Nicky gesagt hatte, Andrew selbst spiele auch nicht so toll. Ich wollte Andrew gern mögen, doch irgendetwas an ihm war mir unbehaglich. Warum sollte er forschungsfrei bekommen, um Untersuchungen über das Leben von Musikerinnen anzustellen und in der Pietà nach Fagottistinnen zu suchen, wenn es doch Nicky war, die es wirklich verdiente, ihre CD zu machen und berühmt zu werden. Ich musste an den Augenblick gestern denken, als Albert mit dem Fagott aufgetaucht war. Andrew zufolge hatte Sandretti ihm die ganze Geschichte erzählt, wie das Fagott in den Besitz seiner Familie gekommen war, und doch hatte Andrew, als das Instrument auftauchte, nicht gesagt, dass er es erkannte. Es war möglich – gut möglich sogar –, dass er es gestohlen hatte und zuließ, dass man Nicky beschuldigte.

Aber ehe ich mir noch darüber klar werden konnte, ob ich Andrew weiter ausfragen wollte, sah ich im Vorüberfahren zufällig in die Richtung des eindrucksvollen Schifffahrtsmuseums. Eine Gestalt mit rotgoldenem Haar in einem weißen Hemd schlüpfte durch die offene Eingangstür des Museums.

»Nur noch eine letzte Frage, Andrew«, sagte ich, »dann muss ich Sie verlassen. Ich kann mir ungefähr vorstellen, warum Sie gestern Morgen Marco nachgegangen sind, aber warum, glauben Sie, ist Marco Gunther gefolgt, insbesondere, wenn er doch deswegen Nicky unbewacht lassen musste?«

Andrew schüttelte seinen hübschen Schachtelkopf. »Ich kann mir nur denken, dass sein Vater ihn aus irgendeinem Grunde darum gebeten hat. Marco hängt sehr an seiner Familie.« Der Gedanke machte ihn nicht glücklich.

Das Museo Storico Navale war viel größer als ich gedacht hatte: vier Etagen voller Gondeln und anderer Wasserfahrzeuge nebst Ausrüstung. Ich verfluchte meine Hüfte, als ich langsam die Treppen hinaufstieg und durch die Ausstellung wanderte, zu der eine Kampfgaleere mit 224 Rudern sowie ein goldverziertes *buccarino* gehörte, das der letzte Doge bei offiziellen Anlässen benutzt hatte.

Francesca konnte ich nicht finden, und plötzlich misstraute ich auch den Motiven meiner Suche nach ihr. Eine Frau von fast fünfzig, wie sexy und gut erhalten auch immer, sollte vielleicht mehr Würde besitzen, als einer halb so alten Frau nachzujagen, die offensichtlich eine andere liebte.

Ich setzte mich auf eine geräumige Holzbank neben einer Gondel in glänzendem Rabenschwarz und zog die beiden lateinamerikanischen Bücher heraus. Ich war stark versucht, *Liebende und Nonnen* in der Gondel zu verstecken, um mich seinem verderblichen Einfluss zu entziehen, aber da starke Versuchungen genau das waren, wovon ich mich befreien wollte, legte ich es nur beiseite und schlug *Basho in Lima* auf.

»In seinem fünfundvierzigsten Lebensjahr, des literarischen Lebens müde, verkaufte Basho sein Haus und trat eine Reise an, die er später in *Auf schmalen Pfaden durchs Hinterland* (Handbibliothek Dieterich, übers. G. S. Dombrady, 1985) beschreiben sollte. Zu dieser Zeit entwickelte er auch seine Idee, alle Poesie beruhe auf *sabi*, einer so allumfassenden Einsamkeit, dass man sein Selbst verliert und eins wird mit der großen Leere. In diesem Zustand stellt sich eine gewisse Leichtigkeit ein. Man wirft seine persönlichen Lasten ab, um das Leiden der Welt besser annehmen zu können.

Auch ich bin bald fünfzig und der literarischen Welt überdrüssig. Wie Basho bin ich am Ende, nicht meines Lebens, sondern der hoffnungsvollen Zeit meiner Jugend. Wenn ich durch die peruanischen Straßen schlendere, wo ich meine Kindheit verbracht habe, ist es, als wären die Jahre meiner literarischen

Erfolge in Japan nie gewesen. Ich bin eins mit den Kümmernissen der Armen in dieser südamerikanischen Stadt.

Sandalen zerrissen,
Gebrochener Wanderstab.
In Japan Spätherbst
In Lima Lenz.«

»Cassandra!«, rief Francesca überrascht.

»Setzen Sie sich doch«, bat ich sie. »Ich lese gerade zwei Bücher vorwärts und rückwärts und denke über Entsagung nach. Und denke, dass es etwas ganz anderes bedeutet, wenn eine Frau die Welt aufgibt, als wenn ein Mann das tut. Es ist im Interesse der Männer, dass wir auf weltliche Güter und Wünsche verzichten. Denn so können sie mehr für sich selber in Besitz nehmen.«

»Aber zu viel zu begehren – ist das nicht der Weg zu gebrochenem Herzen und Leiden?«, sagte Francesca und setzte sich – nicht zu dicht – neben mich. Genau wie ich vermutet hatte, schlug unter diesem weißen Hemd mit dem hohen Kragen ein mönchisches Herz.

»Was heißt denn zu sehr?«, fragte ich. »Frauen führen so eingeschränkte Leben. Wie sollen wir je erfahren, was zu viel ist? Schauen Sie her«, ich deutete auf die Unmenge Gondeln um uns herum. »Haben *wir* sie gebaut, haben *wir* sie gerudert, haben *wir* sie in ein Museum gestellt, um uns an unseren vergangenen Ruhm zu erinnern? Wir sind Passagiere der Geschichte gewesen, nicht Kapitäne.«

»Sie kommen mir nicht vor wie eine, die je Passagier gewesen ist«, sagte Francesca bewundernd. »Und überhaupt, Sie sind zu jung, der Welt zu entsagen. Ihnen hat die Welt noch viel zu geben. Sie schließt Sie in ihre Arme.«

Noch hatte ich meine Mütze nicht abgenommen und Francesca meine ergrauenden Haare sehen lassen. Vielleicht war es noch nicht zu spät und Francesca konnte sich in den Kopf setzen, mich auch in die Arme zu schließen.

»Sie«, sagte Francesca mit köstlicher Inbrunst, »sind ein Rollenmodell für mich und Roberta. Wie eine Mutter, aber nicht wie *unsere* Mütter.«

Ich blieb, wo ich war, ein leicht gequältes Lächeln auf dem Gesicht, gerade als Roberta um die Ecke gefegt kam. Sie hatte in ihrem weißen Hemd und der schwarzen Jacke schon am Abend wundervoll ausgesehen, aber an diesem goldenen Nachmittag, mit ihrem dunklen Lockenhaar und in engen Jeans und Stiefeln, war sie einfach umwerfend.

Francesca fand das jedenfalls. Sie sprang auf und umarmte sie liebevoll.

»Sie sind auch hier?«, fragte Roberta wenig herzlich. Angesichts der gähnenden Leere im Museum kam mir der Verdacht, dieser Ort könnten den beiden öfter zum Stelldichein dienen.

Ich sagte fröhlich: »Ich wollte dieses Museum schon immer besuchen. Ich hatte keine Ahnung, dass ich Sie und Francesca hier treffen würde. Wie schön. Auch nützlich, weil ich Ihnen ein paar Fragen stellen wollte. Eine Freundin von mir bereitet eine CD über Musikerinnen der Zeit Vivaldis vor, und sie hoffte, mit Ihnen, Roberta, sprechen und Ihre Unterstützung gewinnen zu können.«

»Welche Freundin?«, fragte Roberta, aber sie wirkte etwas weniger entgeistert als eingangs. Sie führte Francesca zur Bank zurück.

»Nicola Gibbons.«

»Die das Fagott gestohlen hat?«, fragte Francesca.

»Sie hat es nicht gestohlen, und überhaupt, es ist ja gefunden worden. Gewissermaßen.«

»Was will Ihre Freundin wissen?«, fragte Roberta.

»Erzählen Sie mir doch zunächst etwas über die Musikerinnen der Pietà. Es klingt nach einem goldenen Zeitalter.«

»Für die Frauen in der Pietà war es kein goldenes Zeitalter«, sagte Roberta. »Natürlich, in dieser geschützten Umgebung zur Musikerin ausgebildet zu werden bedeutete, verglichen mit anderen Optionen, wie Dienerin oder Prostituierte zu sein, dass du innerhalb dieser festgelegten Bahnen gewisse Freiheiten hattest. Aber es war schwierig, eins der *ospedali* zu verlassen, ohne zu heiraten, und selbst wenn es einer gelang, einen verständnisvollen Mann zu heiraten, musste sie oft eine Einverständniserklärung unterschreiben, nicht öffentlich aufzutreten und die eigene musikalische Karriere aufzugeben. Es gibt nur sehr wenige Frauen, denen es gelang, aus der Pietà herauszukommen und Arbeit als Musikerin zu finden. Ein paar Sängerinnen. Sie sehen also, warum Frauen, denen die Musik am Herzen lag, einfach in den *ospedali* blieben.«

»Meine Freundin Nicky fasziniert die Tatsache, dass Vivaldi so viele Konzerte für Fagott komponiert hat. Sie fragt sich, ob es in der Pietà eine besonders talentierte Fagottistin gegeben haben mag.«

»Ja, schon möglich, aber es kann auch sein, dass das Fagott einfach das Instrument war, das ihm einige seiner besten Werke entlockt hat, seine tiefsten Gefühle. Cello und Fagott haben gewisse Gemeinsamkeiten, wissen Sie. Beide haben tiefe Register und können sehr satte, melancholische Töne erzeugen. Und außerdem liebte Vivaldi Gespräche zwischen Instrumenten, und das Fagott ist in der Lage, mit sich selbst ein Zwiegespräch zu führen. Es kann hohe wie tiefe Töne hervorbringen, hin und her, genau wie Leute, die miteinander reden.«

»Was halten Sie von der Möglichkeit, dass es noch andere Komponisten gab, Frauen, die für das Fagott geschrieben haben?«

»Mit Sicherheit gab es Komponistinnen in den *ospedali.* Ein großer Teil der Bibliothek der Pietà existiert noch, aber niemand hat sie je vollständig katalogisiert.«

»Was könnte Nicky Ihnen bieten, um einen Blick darauf werfen zu dürfen?«

»Darüber muss ich nachdenken«, sagte Roberta, sah aber interessiert aus. »Kann ich sie treffen?«

»Ich muss sehen, ob ich etwas arrangieren kann.« Plötzlich überfiel mich der glückliche Gedanke, Roberta könnte Nicky so attraktiv finden, dass sie Francesca aufgab. Ich versuchte, mir die Vorstellung aus dem Kopf zu schlagen, und überlegte, was ich Roberta sonst noch fragen konnte, wo sie gerade da war. In Bezug auf ihren Vater gab es so einiges, was ich gern verstehen wollte.

Aber sie schaute leicht verärgert auf die Uhr. Ich hatte ihr Tete-a-tete mit ihrer Freundin gestört, und jetzt musste sie zurück zur Arbeit. »Vielleicht können wir uns morgen während meiner Mittagspause am Konservatorium treffen«, sagte sie missmutig. »Ich habe eine Freundin, die dort unterrichtet und uns Zutritt zur Bibliothek verschaffen kann.«

Die beiden standen auf.

»Unsere Adoptivmutter«, sagte Francesca, als sie mich zum Abschied auf die Wange küsste.

Aber Roberta wirkte weniger überzeugt von den mütterlichen Gefühlen, die Francesca mir zuschrieb.

Neun

Ziemlich müde machte ich mich auf den Weg zu meinem Hotelzimmer. Als ich an den vor mir liegenden Abend dachte, war ich plötzlich froh, dass ich die vier Schwestern aus *Liebende und Nonnen* nicht kaltherzig in den Tiefen der glänzenden schwarzen Gondel ausgesetzt hatte. Ich wollte Zerstreuung, und *Basho in Lima* war dazu nicht angetan. Melancholische Zeilen über die tiefe Einsamkeit von Leuten, die auf die Fünfzig zugehen, waren nicht das, was ich brauchte. Nicht heute Abend.

Mit wachsendem Vergnügen begann ich Pläne zu schmieden. Ich würde einen Laden auftreiben und mehrere leckere Stücke Käse kaufen. Und Stangenbrot, Oliven und Tomaten. Vielleicht eine Flasche Wein. Damit würde ich mich in mein Hotel mit dem herrlichen Blick auf die Giudetta zurückziehen und meinen Roman lesen. War nicht der Zweck eines Romans unter anderem zu unterhalten, zu bewegen, einen dem Weltlichen zu entreißen und in eine überhöhte Realität wilder Leidenschaft ohne Angst vor Krankheit oder anderen unangenehmen Folgen zu versetzen?

Von San Marco nahm ich das Vaporetto zur Accademia und traf fast sofort auf Anna de Hoog, die vor einem Postkartenständer auf dem kleinen Platz vor dem Museum stand. Sie sah verschwiegener aus denn je, hatte aber auch etwas Wildes im Blick.

»Was ist los?«, fragte ich.

»Frigga ist im Palazzo angekommen.«

»Gunthers Freundin!«

»Nein«, sagte Anna. »Frigga ist seine Großmutter, wie sich herausstellt. Frau Frigga Hausen.«

Sie tat überrascht, aber das kaufte ich ihr nicht ab. Ich war auch neugierig, weshalb sie, ohne Mantel und Portemonnaie, an der Vaporetto-Haltestelle herumzulungern schien. Sie sah irgendwie nach überstürzter Flucht aus. Oder wartete sie auf jemanden?

»Warum schauen Sie nicht im Palazzo vorbei?«, schlug Anna vor.

»Ich habe keine Lust, Frigga zu treffen.«

»Ich dachte nicht so sehr an sie als vielmehr an Bitten.«

»Was ist mit Bitten?« Ich war leicht bestürzt. Anna konnte unmöglich wissen, was Nicky mir erst heute Nachmittag über Bittens Behauptung erzählt hatte, sie sei Olivias Enkelin.

»Bitten und Frigga haben darüber gestritten, wie mit der Leiche zu verfahren sei. Bitten behauptet, sie und Gunther wollten diese Woche in Stockholm heiraten. Frigga sagt, das sei Unsinn, sie hätten sich erst vor fünf oder sechs Tagen kennen gelernt. Bitten ist in einer – wie soll ich sagen? – verwundbaren Verfassung. Vielleicht braucht sie einen Drink. Wenn Sie es vorschlagen. Ah, da ist ja das Vaporetto.«

Ich glaubte nicht, dass Anna mit der Absicht aus dem Palazzo gerannt war, ein Vaporetto irgendwohin zu besteigen. Aber als sie in der Menge verschwand, die auf das Boot drängte, wurde mir klar, dass sie mir den kleinen Anstoß gegeben hatte, den ich brauchte, für Nicky ein bisschen Detektivarbeit zu leisten. An der Frage, wer Gunther getötet hatte, war ich weniger interessiert als daran, Bitten zu hindern, Nickys Leben zu zerstören. Noch war mir nicht eingefallen, beides miteinander in Verbindung zu bringen.

Aber mir war eingefallen, dass, wenn es Bitten gelang, einen

Anspruch auf Olivias Besitz nachzuweisen und Nicky das Londoner Haus zu entreißen, auch ich keinen Ort mehr zum Leben hätte. Ich würde auf der Straße sitzen wie Basho, nachdem sein Haus verbrannt war.

Frigga war anders, als ich erwartet hatte. Zuerst hatte ich mir eins dieser gepflegten deutschen Mädchen vorgestellt, blond, gesundheitsstrotzend, dünn, mit dunkler Kunstbräune und, nach Jahren voller Sahnetorten, sich allmählich rundender Taille. Auch als Anna sagte, Frigga sei Gunthers Großmutter, hatte ich mein Bild nur wenig geändert und fünfzig statt zehn Pfund hinzugefügt.

Aber Frigga war alt, mindestens achtzig, mit runzliger, fleckiger Haut und glänzenden dunklen Augen. Sie trug ein elegantes rosafarbenes Chanelkostüm aus den fünfziger Jahren, einen schwarzen Schal über den Schultern, dicke Stützstrümpfe und gut geputzte orthopädische Schuhe. Als ich ankam, saß sie im Garten und sprach in gestelztem Englisch mit Marco. Kein Zeichen von Andrew oder Bitten, aber von oben ertönte das gleiche traurige Adagio, das Bitten am Morgen gespielt hatte.

»Ich werde Venedig nicht verlassen, bis ich herausfinde, wer ihn ermordet hat.«

Nach dem Ausdruck auf Marcos Gesicht zu schließen, hatte Frigga das mehr als einmal gesagt.

»Ah, Cassandra«, sagte er. »Dies ist die Großmutter von Gunther, Frau Hausen. Wir sind bei der Polizei gewesen und wir haben die Obduktionsergebnisse gehört. Gunther ist an Wasser in der Lunge gestorben, sehr traurig. Bisher hat die Polizei keine Zeugen und keine Motive. Also hatte Gunther vielleicht nur einen Fehltritt, meinen sie.«

»Ich weiß, dass er ermordet wurde«, sagte Frigga. »Ich habe ihn gebeten, vorsichtig zu sein, auf Reisen immer besondere Vorsichtsmaßnahmen wegen seines Magens zu treffen und nicht zu viel Kaffee zu trinken. Ich habe versucht, ihn zu beschützen, sein ganzes Leben lang, genau wie ich versucht habe, seine Familie zu beschützen. Ich habe versagt. Sie sind alle tot. Alle tot. Und ich lebe immer weiter. Ich verstehe es nicht.«

Ich verstand es auch nicht wirklich. Gunther schien kaum der Typ, der Feinde hatte. Es sei denn natürlich, er wäre Drogenkurier gewesen oder hätte eine kriminelle Vergangenheit. Aber soweit ich seiner Biografie im Programm entnommen hatte und nach dem, was Nicky erzählte, hatte Gunther die letzten zehn Jahre in Düsseldorf Barock-Fagott gespielt und unterrichtet.

»Ich werde Venedig nicht verlassen, bis ich herausfinde, wer ihn ermordet hat«, sagte sie wieder und Marcos Augen wurden glasig.

»Wir gehen jetzt zu Abend essen, ja?«, sagte er angestrengt. »In das hiesige Restaurant mit vielen venezianischen Spezialitäten. Haben Sie je Tintenfisch in der eigenen Tinte gegessen, Mrs. Hausen? Sie möchten auch mitkommen, Mrs. Reilly?«

Trotz meines Mitgefühls für Marco konnte ich mir kaum eine schlimmere Art vorstellen, den Abend zu verbringen.

»Ich habe schrecklich viel Arbeit vor mir. Aber Andrew geht bestimmt sehr gerne mit. Inzwischen will ich nur kurz mit Bitten reden.« Ich ging in den Palazzo.

Es war schwer zu glauben, dass Bitten, als ich ihr vor ein paar Tagen zum ersten Mal begegnete, wie eine lustvolle Schwedin im reiferen Alter gewirkt hatte, die aus ihrer Seidenbluse platzte. Jetzt war ihre Haut nicht mehr weich und glatt; sie war wie ein Orangenschnitz, den man über Nacht hatte liegen lassen. Sie hatte ihr Fagott zur Seite gelegt und saß mit einem Glas Wein in einer Zimmerecke. Ich fragte sie, ob sie etwas zu Abend essen wollte. Sie zuckte die Achseln und bedeutete mir, mich aufs Bett zu setzen. Ich sah zwei Koffer im Zimmer und fragte mich, ob einer wohl Gunther gehörte.

»Wussten Sie, dass Frigga seine Großmutter war?«, setzte ich an, nicht ganz wie geplant.

»Sie nennt sich Großmutter, aber in Wirklichkeit ist sie seine Urgroßmutter«, sagte Bitten. »Gunthers Mutter war ihre Enkelin, die sie als Baby zu sich nahm und aufzog. Dann starb sie, als Gunther noch ein Kind war, und Frigga nahm ihn auf.«

»Das ist eine traurige Geschichte«, sagte ich.

»Gunthers Tod ist der dritte gewaltsame Tod in drei Generationen. Unglaublich«, sagte Bitten und rieb sich die Unterarme. »Wenn überhaupt jemand den Bann brechen konnte, hätte man gedacht, dann Gunther. Er hatte das Gemüt eines Engels.«

»Sie glauben also, dass er ermordet wurde?«

»Ich weiß nicht.«

»Sie sagten gewaltsamer Tod.«

»Niemand geht einfach so in den Kanal. Es sei denn, um Selbstmord zu begehen. Aber warum sollte er das tun? Er hatte eine glückliche Zukunft vor sich. *Wir* hatten eine glückliche Zukunft vor uns.«

Angesichts ihres offenkundigen Schmerzes wusste ich nicht recht, wie ich weitermachen sollte. Es schien nicht der richtige Zeitpunkt, sie nach ihrem Streit mit Gunther zu fragen, den Marco und Andrew während des dritten Aktes von *Orlando Furioso* belauscht hatten. Auch kam es mir nicht richtig vor, sie über ein paar andere Aspekte des Falles auszuquetschen, zum Beispiel, warum sie immer so genervt gewesen war, wenn Gunther einen Anruf von Frigga bekam. Ich wollte nicht gefühllos erscheinen und sie verprellen. Meine einzige Möglichkeit war, die mitfühlende Fassade aufrechtzuerhalten und mich weiter vorzuarbeiten, obwohl ich mir dabei ein bisschen wie eine Betrügerin vorkam. »Sie haben es selbst auch nicht leicht gehabt, denke ich mir«, sagte ich.

Nein, das hatte sie nicht! Unter dem Einfluss eines weiteren Glases Wein erzählte sie mir von ihrer unglücklichen Ehe mit und der Scheidung von einem Mann, der sie nie wirklich unterstützt hatte. Hätte er es getan, wer weiß, welche Höhen sie mit einer internationalen Plattenkarriere erreicht hätte. Stattdessen hatte sie sich oft dafür entschieden, in der Nähe ihres Zuhauses zu bleiben und zu unterrichten und hauptsächlich in Schweden aufzutreten. Am Schluss hatte es nichts genützt, denn Sven hatte sie trotzdem verlassen ... nach zwanzig Jahren ...

Ein unglücklicher Marco kam an die Tür und verkündete, er führe Frigga zum Essen aus. Von Andrew hatte er nichts gesehen. Ob wir nicht mitkommen wollten? Armer Marco! Sowie er gegangen war, machte Bitten noch eine Flasche Wein auf. Diesmal goss sie auch mir ein Glas ein.

»So viele Tode!«, seufzte sie. »Meine Mutter ist erst vor einem Monat gestorben. Und meine Großmutter vor sechs Monaten.«

»Das tut mir Leid.«

»Das Schlimmste ist, dass ich meine Großmutter nie kennen gelernt habe. Wie gern hätte ich sie gekannt! Sie war eine berühmte Musikerin, verstehen Sie. Olivia Wulf.«

»Olivia Wulf war Ihre Großmutter?«

»Ja.« Bitten ging zu einer Kommode und zog eine Fotografie heraus. Sie zeigte Olivia mit einem jungen Mann und einer jungen Frau. Ich erkannte, dass ich dasselbe Foto in Olivias Arbeitszimmer gesehen hatte.

»Das sind meine Mutter und mein Vater und meine Großmutter.« Bitten hielt inne. »Wie gut kennen Sie Nicola?«

»Wie gut kann ein Mensch einen anderen kennen?«, sagte ich seelenvoll und hob mein Glas.

Wir prosteten uns zu, aber dann sah Bitten verwirrt aus. »Sie hat Sie zu Hilfe gerufen.«

»Nur weil ich hier zufällig einen Mann kenne, der sich ein wenig mit gestohlenen Kunstgegenständen auskennt.«

»Ah, ja. Albert.« Ich sah, wie Bittens jetzt gut geölte Gedanken in die unerfreuliche Richtung von Albert Montague und dem Rätsel des gestohlenen Fagotts abschweiften, das von Signore Sandretti nicht als das gestohlene Fagott anerkannt worden war.

Ich sagte schnell: »Es muss Nicky sehr glücklich gemacht haben zu erfahren, dass Sie Olivias Enkelin sind. Sie wissen ja, dass sie jahrelang mit Olivia zusammengelebt hatte.«

»Glücklich!« Mit einem großen Fuß trat Bitten gegen den Couchtisch. »Nein, Nicola war nicht glücklich. Weil *sie* sich eingebildet hatte, Olivia sei ihre Großmutter und sie hätte deshalb auf alles Anspruch, was Olivia besaß.«

»Haben Sie es ihr erst kürzlich eröffnet?«

»Ja. Hier, am zweiten Tag. Wir hatten einen schlimmen Streit. Schade, denn ich hatte gehofft, wir könnten Freundinnen werden.«

»Wie haben Sie das mit Olivia herausgefunden?«

»Vor sechs Monaten besuchte ich meine Mutter im Pflegeheim, da starrte sie erst mich und dann die Zeitung an, die sie gerade las, und sagte geheimnisvoll: ›Ich frage mich, ob es stimmt, dass musikalisches Talent erblich ist.‹

Ich hielt es für ein Zeichen der geistigen Verwirrung meiner Mutter, besonders, nachdem ich später in die Zeitung schaute und sah, dass meine Mutter den Nachruf auf Olivia Wulf gelesen hatte, eine Musikerin, von der ich nur am Rande gehört hatte. Aber letzten Monat, nach dem Tod meiner Mutter, ging ich ihre Sachen durch und entdeckte ein altes Sammelalbum mit Fotos, die meine Mutter als junge Frau zeigten, mit einem jungen Mann und einer Frau, die seine Mutter zu sein schien. Darunter stand: *Ich mit Jakob und Olivia Wulf, Wien 1936.* Dies ist das Foto.

Ich wusste natürlich, dass meine Mutter Österreicherin war, aber sie sagte immer, sie sei während des Krieges mit ihrer Mutter nach Schweden gekommen. Sie sagte, sie hätte meinen Vater, Johansson, an der Universität kennen gelernt. Mein Vater ist vor Jahren gestorben, aber ich fand eine ältliche Verwandte von ihm, die meinte, ja, sie glaube, meine Mutter Elisabeth sei schon einmal verheiratet gewesen. Als ich fragte, ob es möglich sei, dass ich das Kind ihres ersten Mannes und nicht

Carls bin, sagte die Verwandte, sie könne sich an die Umstände meiner Geburt nicht erinnern, nicht einmal daran, ob ich vor oder nach der Heirat meiner Mutter mit Carl geboren wurde. Sie sagte: ›Während des Krieges herrschte ein solches Durcheinander. Niemand wusste mehr genau, wer er war und was er machte.‹

Einerseits war ich schockiert, denn diese Neuigkeit konnte bedeuten, dass ich älter war als ich dachte, und das schien möglich. Ich habe keinerlei Erinnerung an den Krieg oder eine Flucht nach Schweden, nur daran, in einem friedlichen Vorort von Stockholm aufgewachsen zu sein. Aber ich beschloss, mehr über Olivia Wulf in Erfahrung zu bringen, und stieß auf die Information, dass Olivias Sohn Jakob hieß. Ich fand die Einreisepapiere meiner Mutter nach Schweden von 1940 und entdeckte, dass sie als Flüchtling gekommen war. Eine Einreise von Jakob wurde nicht erwähnt. Sie hat nie an der Universität studiert, mein Vater aber wohl. Meine eigene Geburtsurkunde datiert von 1943, aber als ich das Krankenhaus aufsuchte, in dem ich angeblich geboren wurde, hatten sie keinerlei Akten darüber, dass meine Mutter je dort Patientin war. Sie meinten, es sei nicht ungewöhnlich, dass Akten aus jenen Jahren fehlten, mir kam es aber trotzdem merkwürdig vor.«

»Aber wenn Elisabeth den Krieg überlebt hat und mit Ihnen nach Schweden ging, warum hat sie nicht durch das Rote Kreuz Kontakt zu Olivia aufgenommen? Warum hat sie ihr nicht gesagt, dass sie eine Enkelin hat?«

»Meine Mutter wollte nie über den Krieg sprechen. Was immer Jakob zugestoßen ist, es muss furchtbar gewesen sein. Wenn ich jetzt so zurückblicke, erinnere ich mich, dass sie immer geweint hat, wenn es eine Dokumentation über den Holocaust gab. Mein Vater, Carl, verbot mir, ihr jemals Fragen zu stellen über das, was sie durchgemacht hatte.«

»Was werden Sie jetzt tun?«, fragte ich.

»Ich werde mein rechtmäßiges Erbe verlangen«, sagte Bitten,

legte sich aufs Bett und schüttelte die Schuhe ab. Sie sah müde aus, aber ihre Stimme war fest, wenn auch ein wenig undeutlich vom Wein. »Ich werde alles verlangen, was mir zusteht.«

Zehn

Ich ging und ließ Bitten auf dem Bett ausgestreckt zurück. Sonst schien niemand im Haus zu sein. Eigenartig, dass Andrew immer noch aus war. Vielleicht wartete er ab, bis Frigga sicher im Hotel war, ehe er sich wieder auf Marco stürzte. Ich dachte, bei der Gelegenheit könnte ich einen Blick in das Zimmer werfen, in dem Nicky bei meiner Ankunft gewohnt hatte. Niemand war dort. Ich hatte gerade die Matratze angehoben, als Anna de Hoog leise hereinkam.

»Suchen Sie etwas?«

Es war ziemlich sinnlos, das zu leugnen, doch ich spielte auf Zeit, ließ die Matratze fallen und setzte mich schwer darauf. Ich nahm mir ein Beispiel an Bitten und murmelte lallend: »Die Schwedin und ich hatten wohl ein paar Gläser Wein zu viel. War nicht sicher, ob ich es ins Hotel schaffen würde. Mir fiel Nickys Zimmer ein, völlig unbewohnt. Warum nicht hier schlafen, dachte ich. Hab nur nach ein bisschen Zollfreiem gesucht.«

Anna lachte. »Ich hole kurz meine Flasche Brandy.« Sie ging hinaus.

Liebe Mutter Gottes. Würde sie mich betrunken machen? Ich hatte das Trinken vorhin fast gänzlich Bitten überlassen, aber ich war nicht sicher, ob Anna mich jetzt damit durchkommen lassen würde.

Als sie zurückkam, trug sie einen Kimono und Pantoffeln. Sie goss mir ein Glas Brandy ein und sah zu, wie ich daran nippte. Sie nahm einen kräftigen Schluck.

»Und, hat Bitten Ihnen etwas erzählen können, das Sie noch nicht wussten?«

»Ich weiß nicht, welches Interesse Sie an diesen Leuten haben«, sagte ich. »Sie sind Oboistin – wenigstens behaupten Sie das – und die sind Fagottisten. Wer hat Sie zu dieser Konferenz überhaupt eingeladen? Signore Sandretti? Sie scheinen sich ziemlich gut mit ihm zu stehen.« Ich erinnerte mich, dass die beiden zusammen gewesen waren, als Albert mit dem vermissten Fagott hier war. Wichtiger noch, Sandretti war als einer der Ersten am Unfallort gewesen und kurz nach Anna dort eingetroffen.

»Signore Sandretti hat mich in der Tat zur Konferenz eingeladen. Er hat alle eingeladen.«

Nach den zwei Gläsern Wein mit Bitten zeigte der Brandy schnell Wirkung. Zu Abend gegessen hatte ich auch nicht. Ich merkte, dass mein Körper eine bequemere Haltung einnahm als ich beabsichtigt hatte.

»Aber ich wette, er hat Sie nicht wegen Ihrer musikalischen Fertigkeiten eingeladen.«

Anna lachte. Sie war weit attraktiver, wenn sie lachte als wenn sie Oboe spielte. »Sagen wir, ich bin in einer besonderen Eigenschaft hier. Um ein paar Dinge im Auge zu behalten.«

»Das Fagott haben Sie nicht im Auge behalten.«

»Die Art und Weise, wie das Fagott verschwand, war eine Überraschung«, räumte sie ein.

Ich machte einen Sprung ins Dunkle, einen geistigen Sprung wohlgemerkt, denn mein Körper entspannte sich mehr und mehr. »Ich wette, Sie sollten Gunther beobachten. Deswegen war Frigga so überzeugt, dass er einem Verbrechen zum Opfer gefallen ist. Er war in etwas Illegales verwickelt, stimmt's?«

»Ich habe keine Anhaltspunkte dafür, dass Gunther in etwas Illegales verwickelt war«, sagte Anna, aber ich glaubte ihr nicht recht. Sie war näher gekommen, um mir noch einen Brandy einzugießen, und diesmal blieb sie auf dem Bett sitzen. Ob sie das nun absichtlich so arrangiert hatte oder nicht, ihr Kimono klaffte oben auseinander und enthüllte eine hohe, feste Brust.

Ich murmelte etwas über Jungfrauen, glaube ich, und Entsagung versus Leidenschaft. Ich denke, ich habe vielleicht von dem Bedürfnis nach Pilgerschaft gesprochen. Ich weiß, dass ich lauwarm protestierte, als sie anfing, meine Kleider abzustreifen; ich versuchte noch einmal, meinen Verdacht zu äußern, dass Anna für jemanden arbeitete, wenn nicht für Sandretti, dann vielleicht für Frigga selbst. Sie war Frigga eindeutig aus dem Weg gegangen. Meine Gedankengänge verwirrten sich aber mehr und mehr, und im Endeffekt entlockte ich Anna lediglich das Eingeständnis, dass die Oboe nicht ihr eigentliches Instrument war; ursprünglich hatte sie Posaune studiert, und auch das war Jahre her.

Am Morgen erwachte ich zu meiner Überraschung nackt unter den Laken. Ich hatte Kopfschmerzen und zuerst nur eine verschwommene Erinnerung an die Ereignisse des vergangenen Abends. Erst Marcos entsetztes Gesicht in der Tür warnte mich, dass mit meiner Detektivarbeit womöglich etwas schief gelaufen sein könnte. Ein Exemplar der Biografie des bekannten Dirigenten lag neben meinem Kopf auf dem Kissen, nebst einer kurzen Notiz: »Möglicherweise ist es das, wonach du gesucht hast. Grüße, Anna de Hoog.«

Verstohlen, aber mit weniger Schuldgefühlen als man erwarten sollte, schlich ich mich aus dem Palazzo und fand ein Café, wo ich einen stärkenden Cappuccino und ein Cornetto zu mir nahm. Als mein Kopf etwas klarer war, machte ich mich ernsthaft daran, die Biografie durchzublättern. Sie war Olivia gewidmet, in Erinnerung »an alles, was wir während des Krieges durchgemacht haben«. Nach der Hälfte des Buches war offensichtlich, dass dies der Dirigent war, der vor dem Anschluss in London Olivias Geliebter gewesen war, und derjenige, der ihr ermöglicht hatte, Wien zu verlassen und nach England zu gehen.

»Unglücklicherweise«, schrieb er, »war es Olivias Sohn Jakob nicht möglich, an jenem Tag mit uns zu kommen. Er versprach, uns sehr bald zu folgen. Olivia war immer der Ansicht, dass seine Verlobte es war, die ihn zurückhielt. Sie war nicht jüdisch und sah die Gefahr nicht so wie wir. Wie Millionen andere wurden Jakob und Elisabeth von den darauf folgenden Schrecknissen verschlungen. Jakob wurde von den Nazis aufgegriffen. Elisabeth verschwand. Es war die große Tragödie in Olivias Leben, dass sie nicht vermocht hatte, ihren Sohn zu retten. Nach dem Krieg unternahm sie mehrere Reisen auf den Kontinent und erfuhr schließlich, dass er in Dachau gestorben war. Ein Überlebender des Lagers erinnerte sich, dass Jakob von einer Frau und einer Tochter gesprochen hatte, aber Olivia fand keine Spur eines Kindes.«

Nicky hatte mir gegenüber nie erwähnt, dass Olivia vermutete, ihr Sohn und seine Frau hätten eine Tochter gehabt, und dass sie nach ihnen gesucht hatte. Aber Nicky musste es gewusst haben, und sie hatte mich gebeten, die Biografie mitzubringen, um ihre Erinnerung zu bestätigen. Kein Wunder, dass sie derart die Fassung verlor, als Bitten auftauchte und behauptete, Olivias Enkelin zu sein. Es musste wahr sein. Jakob war in Dachau gestorben und Elisabeth war 1940 mit ihrer kleinen Tochter nach Schweden geflohen und hatte wieder geheiratet. Natürlich erinnerte Bitten sich nicht an ihre frühen Jahre; inzwischen wusste jeder, dass Überlebende mit schwerem Trauma allzu schreckliche Erinnerungen oft ausblenden.

Es gab so vieles in dieser Sache, das ich nicht verstand. Warum war Gunther ertrunken im Kanal gefunden worden? Warum war Marco ihm gefolgt? Was hatten alle Fagottisten während *Orlando Furioso* gemacht? Welche Rolle spielte Sandretti? Und für wen zum Teufel arbeitete die muskulöse Anna? Ich war nach Venedig gekommen, weil ein wertvolles Musikinstrument gestohlen worden war, und jetzt schien das Fagott kaum jemanden zu kümmern.

Wobei mir einfiel: Wo war überhaupt Albert mit dem Fagott abgeblieben? Ich hatte ihn gestern den ganzen Tag nicht gesehen. Ich hatte ihn seit dem Konzert nicht mehr gesehen. Mir blieb noch etwa eine Stunde, ehe ich Roberta am Konservatorium treffen sollte. Ich beschloss, das Vaporetto zur Riva degli Schiavoni zu nehmen und nachzusehen, ob ich Albert im Danieli aufstöbern konnte.

Das Danieli war eins jener Hotels, die mir das Gefühl gaben, dass mich nach meinem vorsichtigen, leisetreterischen Hereinkommen jeden Moment ein Sicherheitsbeauftragter am Ellbogen packen und zwangsweise hinauseskortieren könnte. Fantasievolle Glaslüster hingen unter der hohen, vergoldeten Decke. Marmortreppen führten in verwirrenden Zickzacklinien nach oben. Liftboys beluden sich mit blank polierten Koffern, gefolgt von skelettartig dünnen Frauen in winzigen schwarzen Kostümen. Elegante Männer saßen rauchend in den Ledersesseln der Lobby und lasen *La Stampa* und *The Times*. Vergeblich redete ich mir gut zu, dass George Sand, Ruskin, Wagner und Proust hier gewohnt hatten und dass ich, wenn ich mir eine Sonnenbrille und einen hochmütigen britischen Akzent zulegte, genau hierher passen würde.

Das tat ich natürlich nicht. Empfangspersonal durchschaut das immer. Der uniformierte Angestellte hinter der Rezeption hatte schmale Schultern, hohle Wangen und kleine schwarze Augen, die sicher Servilität ausstrahlen konnten, aber nicht mir und meinesgleichen gegenüber.

»Albert Montague? Nein, tut mir Leid, er ist kein Gast in diesem Hotel«, fertigte er mich mit seinem eigenen hochmütigen britischen Akzent ab und ließ durchblicken, dass es schon sehr merkwürdig zugehen müsste, sollte ich einen Gast im Danieli kennen.

»Das verstehe ich nicht. Ist er abgereist?«

Mit einem Gebaren, als wäre das eine große und unnötige Mühe, blätterte der Angestellte eine oder zwei Seiten zurück. »Soweit ich sehe, ist diese Person niemals Gast hier gewesen.«

»Aber ich ...« Er wandte sich ab, jetzt eindeutig unhöflich, um mit einem Gast zu sprechen, einer Frau mit einem Pelzhut, der wie eine Gesellschaft toter Eichhörnchen auf ihrem Kopf saß. Sie sprach mit argentinischem Akzent.

Mir blieb nichts übrig, als meine Joan Plowright-Nummer abzuziehen und zu verschwinden. Aber plötzlich sah ich, wie einer der Portiers mir zuzwinkerte und mir den versteckten Wink gab, ihm in einen kurzen Flur zu folgen. Na! Das war mir seit Jahren nicht mehr passiert. Ich wusste nicht, ob ich lachen oder mich ärgern sollte. Dann bemerkte ich, dass er mit den Lippen das Wort ›Albert‹ zu formen schien. Ich ging ihm nach und betrat einen kleinen Raum voll abgegebenen Gepäcks.

»Bitte, Sie sprechen Italienisch?«

»Ja.«

»Ihr Freund Albert ist auch mein Freund«, sagte er. »Sie möchten ihn finden?«

»In der Tat, ja. Ihn und sein Fagott.«

»Er ist hier im Hotel nicht Gast. Er wohnt woanders. In einem Hotel beim Bahnhof. Es war einmal ein altes Kloster. Ich habe den Namen vergessen, aber wenn Sie beim Bahnhof fragen, wird man ihn kennen.« Da er die Glocke der Rezeption hörte, wollte er gehen, aber ich hielt ihn auf. Mit Schrecken hatte ich bemerkt, dass wir fast unmittelbar an der Glastür standen, die aufs Dock und auf den Kanal hinausführte.

»Warten Sie«, sagte ich. »Waren Sie an dem Abend hier, als dieser deutsche Mann im Wasser gefunden wurde?«

»Ja, aber ich war hier, im Gepäckraum, nicht auf dem Dock. Es war der Türsteher, der die Leiche gefunden hat.«

»Dann waren Sie hier, als Signore Albert früher am Abend gekommen ist, um das Fagott beim Gepäck abzugeben.« Schnell ließ ich meine Augen nach einem in Papier gewickelten Paket, das an ein langes Frankfurter Würstchen erinnerte, durch den Raum schweifen.

Die Glocke an der Rezeption gab ein verärgertes Ping-Ping von sich. »Er hat kein Paket dagelassen.«

»Wenn Albert sich so versteckt hält, warum verraten Sie mir, wo er ist? Auch andere Leute suchen nach ihm. Die Polizei zum Beispiel. Sagen Sie der Polizei, wo er ist? Wenn nicht, warum dann mir?«

»Er sagte, wenn eine Frau, eine sehr *hübsche* große Frau mit einer Mütze von der kanadischen Armee nach ihm fragt, muss ich ihr sagen, wo er zu finden ist.«

Ich war überzeugt, dass Albert nicht hübsch gesagt hatte. Aber der Gepäckträger war entwischt.

Ich nutzte die Gelegenheit, mich aufs Dock hinauszuschleichen und mich umzusehen. Der Kanal war belebt wie immer. Was auch geschehen war, der Zeitablauf war entscheidend. Bis auf die zehn Minuten, die er gebraucht hatte, um das Fagott zu deponieren – als ich Gunther fest im Auge hatte –, war Albert während des ganzen *Orlando Furioso* bei mir in der Pietà gewesen. Marco und Andrew waren den dritten Akt über weg, aber wahrscheinlich zusammen. Bittens Bewegungen waren unbekannt, bis auf die Tatsache, dass sie in der Mitte des zweiten Aktes die Pietà mit Gunther verlassen hatte. Anna hatte natürlich gespielt, obwohl in der Pause möglicherweise genug Zeit war, Gunther zu töten. Signore Sandretti? Er war vor der Aufführung in Erscheinung getreten und danach, aber wo war er zwischendrin gewesen? Und Albert hatte zu Marco ganz bestimmt etwas über das Danieli gesagt, ehe die Aufführung begann. Hatten sie sich dort verabredet? Hatte Albert das Fagott dort gelassen? Und wann hatte er es wieder abgeholt? Beziehungsweise war er derjenige, der es abholte?

Ich schaute mir den Kanal genau an. Gunther hätte von zahlreichen Stellen aus gestoßen werden können. Von diesem Dock, von der Brücke und vom Pflaster auf der gegenüberliegenden Kanalseite aus, wo das Wasser hochklatschte. Das wäre die dunkelste Stelle gewesen. Natürlich konnte Gunther auch von einer Stelle weiter oben am Kanal gestoßen worden sein, von einer dieser schmalen Sackgassen aus. Selbst ein Fenster war möglich.

»Madame sind noch hier?«, fragte der Empfangsmensch mit den schmalen Schultern und den stechenden schwarzen Augen, der plötzlich hinter mir auftauchte. »Suchen Sie immer noch nach Ihrem Freund?«

Im nächsten Augenblick würde er mich durchsuchen lassen, um zu sehen, ob ich vielleicht einen der Lüster unter meine lederne Bomberjacke gestopft hatte.

»Ich hoffe, ein Wassertaxi zu finden, guter Mann«, sagte ich, jetzt Königin Victoria, gespielt von Judi Dench.

Der Hotelangestellte schnippte mit den Fingern, und ein Wassertaxi erschien aus dem Nichts.

»Zum Konservatorium«, sagte ich großartig. Ich hielt ihm einen gefalteten Schein hin, einen großen Schein, aber als er die Hand danach ausstreckte, gelang es mir, ihn ins Wasser fallen zu lassen. Er überwand sich und kraxelte hinterher, ein Anblick, den ich nicht hätte missen mögen.

Das Wassertaxi fuhr hinaus ins Bacino. Es war Wahnsinn, Nickys Geld auf diese Weise zu verschleudern. Tausende von Lire in den Kanal zu werfen, bloß um einen albernen Punkt zu machen; weitere Tausende für eine Fahrt durch das am meisten von Touristen überschwemmte und mit Gondeln verstopfte Gewässer in Venedig wegzuwerfen. Verlor ich den Verstand? Immerhin, die Kirche Santa Maria della Salute mit ihren riesigen, schneckenverzierten barocken Strebepfeilern, die den Eingang zum Canal Grande entweder bewachten oder schmückten, war ein weltberühmter Anblick. Die beste Aussicht hatte man vom Wasser, sagte ich mir. Und überhaupt, es war Nickys Geld.

Hundert Schritte hinter der Salute wäre man zurück in den Tiefen von Dorsoduro, zurück in der dichten steinernen Orchestrierung der Innenstadt: dunkle Winkel, schiefe Türme, Labyrinthe aus Straßen, die schwindeln machten. Dort würde sich Venedig schwer und gedrängt anfühlen, mit nur kurzen Ausblicken auf den Himmel oben und den Himmel, der sich in den schmalen Kanälen spiegelte.

Hier draußen auf dem Wasser wurde die steinerne Dichte zu etwas Transparentem und Körperlosen. Die schwersten Villen und Paläste zitterten im Sonnenlicht; ihre wässerigen Spiegelbilder waren noch weniger solide.

Mauern aus Stein
unter Wasser
brechen zu Wolken auf

Ich spürte deutlich eine sabi-Stimmung aufkommen. Ich tastete in meiner Tasche nach Basho in Lima, zog aber Liebende und Nonnen heraus. Ich starrte auf den Umschlag, aber nicht auf die tiefen Ausschnitte und Nonnengewänder der Illustration, sondern auf die Krakel, die ich während des Gesprächs mit Nicky in ihrem Haus in London gemacht hatte. Nickys Geld. Nickys Geld.

Ich erinnerte mich, wie Albert das Buch interessiert angesehen hatte, als ich ihm an diesem ersten feuchten Morgen auf der Piazza San Marco zufällig in die Arme lief. Die Fagott-Artikel bedeuteten ihm nichts; die Biografie des Dirigenten bestimmt auch nicht. Dann ging mir auf, dass ich neben das Wort SAFE *Kombination in Linsen* geschrieben hatte.

Man musste kein Genie sein, um die Bedeutung dieser Notiz zu begreifen. Es musste nur jemand meine Adresse in London kennen, wissen, dass sowohl Nicky wie ich hier in Venedig waren, und vielleicht nicht übermäßig ehrlich sein.

Elf

Das Konservatorium war in einem weitläufigen, schäbigen alten Palazzo in der Nähe von Santo Stefano untergebracht. Das riesige, einst weiße Gebäude war jetzt durch Umweltverschmutzung und Regen rußgeschwärzt. Die Front war barbarisch mit schwarz gewordenen Köpfen übersät, aber der Ort war von unverkennbarer, wenn auch heruntergekommener Großartigkeit. Ein weiter, gespenstischer Kolonnadenhof, an einem Ende von einem Maschendraht voller Taubenfedern begrenzt, trug noch zu dem verwahrlosten Eindruck bei. Klavierakkorde und Fetzen von Saxophon und Trompete tönten aus den oberen Stockwerken.

Roberta lehnte ungeduldig an der verwitterten Eingangstür. »Schnell«, sagte sie. »Die Bibliotheksleiterin ist zum Essen. Meine Freundin Giovanna wird uns nach oben bringen. Sie lassen normalerweise niemanden in die Bibliothek.«

»Warum, sind die Bücher so kostbar?«, fragte ich.

»Nein, sie sind zu faul«, sagte sie.

Das Innere des Gebäudes war genauso großartig wie das Äußere, aber der Hauptraum der Bibliothek war klein und eng. Ein junger Mann blätterte in Librettos und machte Kopien auf einer Xeroxmaschine. Eine Frau in den Dreißigern, mit riesiger Brille und ein Zentimeter langem Haar blätterte die *Grove*

Encyclopedia of Music durch, die vor ihr auf einem langen Holztisch lag. Sie sah aus wie ein freundlicher, selbstgenügsamer Käfer.

Sie schaute auf, als wir hereinkamen, nickte Roberta zu, und ohne ein Wort verschwanden wir drei in einem Hinterzimmer voller Regale und Akten.

»Giovanna«, stellte Roberta sie mir vor. »Sie ist hier Geigenlehrerin. Sie weiß eine Menge über das Zeitalter des Barock.«

»Sind das Vivaldi-Manuskripte?«, fragte ich, als Giovanna Schachteln voller Partituren herauszuziehen begann. Sie stellte sie auf einen Tisch, nahm die Riesenbrille ab und ersetzte sie durch eine kleinere Lesebrille. Sie tat alles mit großer Präzision. Sie hatte wunderschöne lange Finger.

»Das ist unwahrscheinlich. Fast alles von Vivaldi, seine Original-Partituren, sind in einer Bibliothek in Turin«, sagte sie. »Um 1920 hat man in einem Kloster viele gebundene Bücher gefunden. Davor war Vivaldi, man stelle sich vor, über zweihundert Jahre fast völlig unbekannt. Man kannte seinen Namen, aber er galt als sehr unbedeutender Musiker. Als man aber alle seine Manuskripte fand und anfing, sie zu katalogisieren und zu spielen, entdeckte man, was für ein Genie er war.«

»Und jetzt hören wir Vivaldis *Vier Jahreszeiten* zu allen vier Jahreszeiten, bis er uns bis oben steht«, sagte Roberta. »Was für eine schreckliche Ironie, sich in wenigen Dekaden von Unbekannt zu Überdruss zu entwickeln.«

Giovanna lächelte. »Manche von uns begeistern sich weniger für den Barock als andere.«

»Wenn du in einem Klassik-Plattenladen arbeiten würdest, hättest du in Bezug auf Vivaldi die gleichen Gefühle«, sagte Roberta. »Was ist mit Galuppi, mit Marcello, was ist mit Monteverdi, frage ich die Touristen. Wie wär's mit Barbara Strozzi? Und schließlich mit Philip Glass und Arvo Part? Aber nein, sie sind in Venedig. Sie wollen die *Vier Jahreszeiten*.«

Giovanna öffnete mehrere Schachteln. »Dies hier sind wahrscheinlich Partituren der Pietà-Musikerinnen. Wahrscheinlich sind keine in Vivaldis eigener Handschrift dabei, der Tatsache zum Trotz, dass er sie für die Pietà komponiert hat. Er hat sicher mit Kopistinnen gearbeitet, um die Orchestrierung in Einzelpartituren aufzuteilen, dann hätte man zum Beispiel fünf Geigen-Partituren. Das Leben vor Erfindung des Kopierers.« Sie stöberte in der Schachtel. »Es gibt eine Ordnung darin, aber wie die genau aussieht, weiß ich nicht. Leider bin ich nicht auf Recherchen spezialisiert, und Sie müssten mehrere Empfehlungsschreiben und so weiter haben, damit die Bibliotheksleiterin Ihnen erlaubt, alles auszubreiten und tagelang gründlich durchzusehen.«

»Ihre Freundin Nicola müsste hier sein«, sagte Roberta zu mir. »Sie weiß, wonach sie sucht, oder?«

»Nicht genau«, sagte ich. »Original-Fagottmusik von einer Komponistin, die vielleicht hier in der Pietà gelebt und gearbeitet hat.«

»Roberta hat mir erzählt, sie will eine CD-Sammlung von Vivaldis Fagottkonzerten machen«, sagte Giovanna.

»Die Idee ist immer größer geworden«, sagte ich. »Bei Nicky passiert das oft.«

»Mir gefällt die Idee«, sagte Giovanna. »Aber – es könnte schwierig werden, solche Musik zu finden. Hätte diese Komponistin ihre Kompositionen unterzeichnet? Wahrscheinlich nicht. Die Frauen der *cori* wurden nicht ermutigt, sich als etwas anderes zu sehen denn als Orchestermitglieder oder Lehrerinnen.« Sie zog einen ledergebundenen Band mit Partituren heraus, in dessen Deckel der Name *Anna-Maria* in Goldbuchstaben geprägt war. »Hier ist eine Ausnahme. Anna-Maria war eine Maestra in der Pietà, wohl um 1720. Sie war für ihre Meisterschaft auf der Harfe, dem Cello, der Laute, der Mandoline und natürlich der Geige berühmt. Sie war eine von Vivaldis hellsten Sternen.«

Giovanna öffnete das Lederbuch. »Dies sind die Partituren

für die erste Geige vieler Vivaldi-Konzerte. Aber es sind Vivaldis Kompositionen. Soweit bekannt ist, hat Anna-Maria selbst nichts komponiert.«

»Das wollen sie uns einreden«, sagte Roberta. »Es ist ziemlich ärgerlich. So viele Musikerinnen – ein paar von ihnen *müssen* etwas komponiert haben!«

»Hast du von Maddalena Lombardini Sirmen gehört?«, fragte Giovanna Roberta. »Sie gehörte zu den *cori* der Mendicanti«, erklärte sie mir. »Noch eins von den *ospedali*. Sie war eine bekannte Geigerin, und um 1770 gelang es ihr, das *ospedale* zu verlassen, um den Komponisten und Geiger Lodovico Sirmen zu heiraten. Sie reisten zusammen durch Europa und lebten in London und Dresden und Paris. Man nimmt an, dass die Kompositionen, die unter beider Namen erschienen, von ihr stammen, da sie sich stilistisch sehr von denen unterscheiden, die er selbst komponiert hat. Ihre Streichquartette sind wahrscheinlich die ersten, die je von einer Frau publiziert wurden. Ich erinnere mich gelesen zu haben, dass Mozarts Vater sie spielte. Aber ich habe sie nie selbst gesehen.«

Roberta hatte die Seiten in Anna-Marias Partiturenbuch durchgeblättert. »Was wir brauchen«, sagte sie nachdenklich, »ist ein gebundenes Exemplar wie das hier für eine Fagottistin. Selbst wenn es nur Partituren von Vivaldi wären, könnten wir vielleicht ihren Namen finden und lernen, ihren Stil zu erkennen.«

»Das ist leichter gesagt als getan«, rief Giovanna aus und deutete auf die Unmengen Regale und Schachteln. »Etwas in der Art könnte in diesem Raum sein. Es gibt hier noch mehr Räume wie diesen. Und andere Museen. Und noch mehr Bibliotheken, auch voll mit Regalen und Büchern.« In Giovannas Augen sah ich das Bild von Bibliothekskorridoren, die sich nach Escher-Art in Regale verwandelten, die zu Schachteln voller Korridore wurden.

»Es muss einen anderen Weg geben«, sagte Roberta.

»Geduld ist der einzige Weg«, sagte Giovanna. »Geduld, Besessenheit, Geld vielleicht. Und nur gelegentlich ein kleines bisschen Glück. Oder reiner Zufall.«

Entmutigt wiederholte sie ›oder reiner Zufall‹. Beim Anblick all der Schachteln fühlte ich genauso. Nicola war, ungeachtet ihrer Tugenden, keine besonders geduldige Frau. Ich konnte mir nicht ernsthaft vorstellen, wie sie von ihrer arbeitsreichen Karriere Urlaub nahm, um in einer beengten venezianischen Bibliothek zu sitzen und Stapel von Partituren durchzukämmen. Schließlich hatte es mehr als zwei Jahrhunderte gebraucht, Vivaldi neu zu entdecken. Und Jahrzehnte, die Früchte seiner immensen Produktivität zu katalogisieren, herauszugeben und aufzunehmen.

Nicky war viel zu optimistisch mit ihrem Gerede über CDs. Es war Andrew, der das Fullbright-Stipendium und den akademischen Hintergrund hatte, um die Musikantinnen der Pietà zu studieren.

»Tja, vielen Dank, dass Sie uns gezeigt haben, wie groß die Sammlung ist«, sagte ich.

Giovanna schaute auf ihre Armbanduhr. »Es tut mir Leid«, sagte sie, während sie uns höflich aus dem Raum scheuchte und die Tür hinter uns abschloss. »Ich wünschte, wir hätten mehr Zeit. Ein andermal vielleicht. Ich würde Ihre Freundin gern kennen lernen. Roberta sagte, sie sei ein bisschen in Schwierigkeiten.«

Wir schlenderten die Marmortreppe hinunter. »Ich habe das Gefühl, als hätte ich gebundene Bücher wie das von Anna-Maria schon mal gesehen«, sagte Roberta.

»Sie könnten in der Libreria Marciana sein«, meinte Giovanna. »Sie könnten dort sein. Sie könnten überall sein.«

»Oh, Cassandra«, sagte Andrew McManus. »Was machen Sie denn hier?« Aber er starrte Roberta an, offenbar erneut überwältigt von der großen Ähnlichkeit mit ihrem Bruder.

Er stand direkt vor dem Büro im Erdgeschoss, im Gespräch

mit einer eleganten Frau, die freundschaftlich an seinem Arm hing.

»Sightseeing«, sagte ich glatt.

»Oh. Nun, ich komme gerade vom Mittagessen mit der Bibliotheksleiterin hier«, sagte Andrew. »Sie ist an meinen Forschungen sehr interessiert und wird mir ihre sämtlichen Archive zugänglich machen. Ich werde einen Studenten als Assistenten haben und Zugang zu allen Materialien. Ich bin so aufgeregt. Und sie sagt, sie weiß von einer Wohnung im Haus ihres Bruders, die zu haben ist.«

»Giovanna«, sagte die Bibliotheksleiterin. »Ob Sie wohl Mr. McManus in die Archive hinaufführen und ihm einen kurzen Überblick geben könnten. Er sucht nach Material über die Mädchen von der Pietà, besonders die Fagottistinnen.«

»Sicher«, sagte Giovanna, aber sie zwinkerte mir zu, während sie Andrew hinaufführte. Ich hatte so ein Gefühl, als würden sie nicht mit denselben Schachteln anfangen wie wir.

Draußen vor dem Gebäude verabschiedete sich Roberta eilig und zog sich eine Kappe über ihr lockiges Haar. »Ich muss jetzt zur Arbeit, die *Vier Jahreszeiten* verkaufen«, sagte sie.

Als sie fort war, ging ich Richtung Accademia-Brücke. Einen Augenblick hatte ich daran gedacht, die andere Richtung einzuschlagen, an Francescas Papierwarenladen vorbei.

Nein, mein Pfad war die Entsagung. Ich hatte noch hundert Seiten von *Liebende und Nonnen* vor mir und war mir immer noch nicht im Klaren darüber, ob es übersetzt werden sollte oder nicht. Ich würde mir irgendwo ein Stück Pizza besorgen, ins Hotel gehen und den Nachmittag mit Lesen verbringen. Für einen Tag hatte ich doch bestimmt genug getan. Vielleicht würde ich später, wenn mir danach war, versuchen Albert aufzustöbern.

Wenigstens um sicherzugehen, dass er nicht der Typ war, der während unserer Abwesenheit in Nickys Haus einbrach, oder auch um seiner Verbindung zu dem Fagott auf den Grund zu gehen.

Als ich an der Rezeption meinen Schlüssel holen wollte, fand ich zwei Nachrichten. Eine war von Anna: *War das Buch nützlich? Übrigens wird der Inspektor Ihnen nach dem Mittagessen vielleicht einen Besuch abstatten.*

Die andere war von Nicky.

Komm um zwei ins Guggenheim-Museum.

Nickys Botschaften im Befehlston hatte ich allmählich satt; außerdem war es bereits halb zwei, und ich war den ganzen Tag herumgerannt. Ich wollte mich ausruhen. Ich wollte mein Buch lesen. Ich wollte die Ereignisse von gestern Abend durchdenken und entscheiden, ob ich eine Wiederholung anstreben sollte, falls sich mir eine bot.

Andererseits hatte ich keine besondere Lust, mit der italienischen Polizei zu sprechen.

Ohne erst nach oben zu gehen, verließ ich das Hotel und ging die paar Schritte zum Museum.

Zwölf

Ich kam vor Nicky beim Museum an, und nach einem schnellen Rundgang durch die Galerien voller Klees und Kandinskys kehrte ich in den Skulpturengarten zurück. Für einen kurzen Augenblick gestattete ich mir auszuruhen und tief durchzuatmen. Inmitten von Venedigs dichtem steinernem Straßengewirr war der Garten ein Fleck erholsamen Grüns. Bäume, Büsche, Gräber. Gräber? Ich hatte mich auf eine schmale Bank vor eine Grabplatte mit der Aufschrift »Hier ruht Peggy Guggenheim« gesetzt. Daneben war eine weitere Platte mit einer langen, ziemlich bestürzenden Namensliste unter dem traurigen Satz: »Hier liegen meine geliebten Babys.«

Das durchschnittliche Todesalter lag bei nur zehn Jahren, obwohl manche erst drei oder vier gewesen waren, als sie starben. Das war ja schrecklich traurig! Oder vielleicht nur schrecklich. War einer der Guggenheims in Wirklichkeit ein Serienmörder gewesen? Es zeigte wieder einmal, dass die Reichen glaubten, sie stünden über dem Gesetz.

»Das waren ihre Lhasas, Cassandra«, sagte Nicky, als sie auf die Bank zukam. »Glaubst du wirklich, jemand würde seine Kinder Cappuccino und Madame Butterfly nennen?«

Nicky trug eine äußerst ungewöhnliche Sonnenbrille, die aussah wie aus einem Wonder Woman-Comic. Sie sagte, sie hätte sie eben im Museumsladen gekauft. Es sei eine Kopie von Peggys Brille.

Wir zogen uns in das stromlinienförmige weiße Café zurück, in dem sehr coole junge Leute bedienten und Schwarzweißfotos von Peggy und Freunden an den Wänden hingen. Keins war beschriftet. Jean Cocteau, vermutete ich. Man Ray. Und da war Peggy selbst, mit der Sonnenbrille.

Wir bestellten Salate, und ich erzählte Nicky, was ich bei meinem Besuch in der Bibliothek des Konservatoriums entdeckt hatte, also nichts, was ihr bedeutend weitergeholfen hätte.

»Sag nicht nichts«, sagte Nicky gütig, aber mit einem kritischen Unterton. »Du hast alles getan, was du tun konntest ...«

»Da hast du verdammt Recht, ich habe alles getan, was ich tun konnte. Ich bin weit über das hinausgegangen, wozu ich verpflichtet war. Habe mich in staubigen alten Bibliotheken herumgetrieben, mich mit rotzigen jungen Hotelangestellten angelegt, mich von ... Gott und der Welt beflirten lassen.«

»Gott und der Welt?«, fragte Nicky, an einer Olive lutschend.

»Ach, egal«, sagte ich. »Ich habe die Biografie dieses Dirigenten in deinem alten Zimmer im Palazzo gefunden und sie durchgesehen. Glaubst du nicht, es besteht eine Möglichkeit, dass Olivias Sohn Jakob nicht das Kind ihres Mannes war? Der Dirigent scheint anzudeuten, dass er und Olivia einander sehr lange Zeit kannten – gut kannten, meine ich.«

»Etwas in der Art hatte ich auch in Erinnerung«, sagte Nicky. »Deshalb habe ich dich gebeten, das Buch mitzubringen. Aber dann wurde mir klar, dass es keinen Unterschied machen würde. Niemand zweifelt daran, dass Jakob Olivias Sohn war und dass er ein Mädchen namens Elisabeth geheiratet hat und dass Bittens Mutter Elisabeth hieß. So ungern ich es zugebe, aber ich glaube wirklich, sie könnte Olivias Enkelin sein. Und das halte ich nicht aus. Ich halte es einfach nicht aus!«

Nicky legte die Gabel hin. Dass sie aufhörte zu essen zeigte, wie elend sie sich fühlte.

»Ich weiß«, sagte ich, »das Geld, das Haus, alles, was Olivia dir hinterlassen hat. Aber die Gerichte werden doch bestimmt ...«

»Es geht nicht um das Geld, Weib«, sagte Nicky heftig. »Nicht einmal um das Haus – als Haus. Es ist sowieso verdammt zu groß für eine Frau und diesen Hallodri von Übersetzerin, die sich gelegentlich dazu herablässt, meinen Dachboden zu bewohnen. Es ist die Vorstellung, den Geist von Olivia zu verlieren. Ihre Musik, meine Musik – sie hängt in den Molekülen der Wände. Ich könnte es nicht ertragen, wenn mir das genommen würde. Ich weiß nicht mal, ob ich überhaupt weiter musizieren könnte, wenn ich es nicht dort tun kann.«

Tränen rollten unter der Guggenheim-Brille hervor und Nickys runde Wangen hinunter. So hatte ich sie noch nie gesehen.

Ich sagte zögernd: »Weißt du, wenn du Bitten nicht als Feindin behandeln würdest, könntest du wahrscheinlich etwas aushandeln. Es ist ein allgemein menschliches Bedürfnis, wissen zu wollen, wer man ist, mit wem man verwandt ist, woher man kommt. Wozu sollte Bitten überhaupt ein Haus in London brauchen? Sie wohnt in Stockholm und scheint wohlhabend. Vielleicht hätte sie gern ein paar Erinnerungsstücke. Selbst eine Art Auszahlung in bar wäre nicht allzu schlimm, nicht, wenn du im Haus wohnen bleiben könntest. Sie ist doch kein Monster, Nicky. Und jetzt hat sie Gunther verloren. Die Affäre mag kurz gewesen sein, aber sie ist offensichtlich völlig niedergeschmettert. Wenn du eine kleine mitfühlende Geste machen könntest ...«

Nicky dachte darüber nach. »Nein«, sagte sie. »Mitfühlende Gesten liegen mir nicht. Jedes Mal, wenn ich versuche, Mitgefühl zu zeigen – meiner Familie gegenüber zum Beispiel –, geht es ins Auge und ich stehe hinterher schlechter da als vorher.«

Dagegen ließ sich nicht gut was sagen. Vor zwei Jahren, als einer meiner Neffen bei einem Autounfall umkam, schrieb ich meiner Schwester, um mein Entsetzen und mein Mitgefühl auszudrücken. Sie schrieb zurück und fragte, wie eine Frau wie ich – ich nehme an, sie meinte eine Lesbe, nicht eine Übersetzerin – je begreifen könnte, was es hieß, ein Kind zu verlieren.

»Olivia war meine ganze Familie«, sagte Nicky. »Sie hat mich aufgenommen, sie hat mich geliebt, sie hat mir geholfen. Wenn ich mich an dem Gefühl für das, was wir einander gewesen sind, nicht festhalten könnte, ich weiß nicht, was ich tun würde.«

»Bitten ist Vivaldi-Kennerin«, versuchte ich es ein letztes Mal. »Sie könnte dir bei dem ganzen Problem der Manuskriptforschung helfen ...«

Aber selbst das stimmte Nicky nicht um. Es schien ihr jedoch zu helfen, sich zusammenzureißen. »Ich denke, es ist wichtig, dass ich Roberta treffe. Kannst du das arrangieren?«

»Ich denke drüber nach«, sagte ich ziemlich missmutig. Gerade wollte ich ihr sagen, wie schrecklich lästig es war, dass wir uns weiterhin auf diese verstohlene Weise treffen mussten – wir hatten ja nicht mal eine zauberhafte heimliche Romanze –, als ich im Skulpturengarten plötzlich zwei Leute entdeckte, die ich kannte – die wir beide kannten. Sie kamen auf das Café zu.

»Mach dich unsichtbar«, sagte ich. Keine leichte Aufgabe für eine Frau von annähernd neunzig Kilo, deren Frisur noch wilder war als ihr Gemüt. Ich riss ihr die Peggy Guggenheim-Brille von der Nase. »Ich halte sie auf Trab, während du dich durch den Ausgang beim Souvenirladen davonschleichst. Wirf etwas Geld hin.«

»In Ordnung«, sagte Nicky und zerrte an meiner Mütze.

»He!« Aber es war zu spät. Ich stürmte auf Anna de Hoog und Marco zu, ehe sie die Terrassenstufen heraufkommen konnten. »Ihr Lieben«, sagte ich, »wie absolut wundervoll, euch wieder zu sehen.«

»Cassandra?«, fragte Marco. »Sie sehen ... anders aus.«

»Ja, das ist mein neuer Look. Wie findet ihr ihn?«

»Die Brille gefällt mir«, sagte Marco. »Ihr Haar ... ich habe

Sie nur mit der Mütze gesehen.« Er machte eine diplomatische Pause. »Es ist ... viel.«

»Cassandra hat wunderbares Haar«, sagte Anna. Sie hatte über meine Schulter hinweg in die Richtung gesehen, aus der ich gerade gekommen war, aber jetzt widmete sie mir ihre volle Aufmerksamkeit. Ich muss gestehen, ihre volle Aufmerksamkeit ließ mich erbeben. Die und die Tatsache, dass sie endlich nicht mehr diesen spießigen Rock anhatte, sondern Levis und ein frisches Hemd mit einem um die Schultern geknoteten Pullover. »Ganz Leonore Fini.«

Marco wirkte betreten, war aber zu höflich anzudeuten, dass meine Anwesenheit in Nickys Zimmer heute Morgen vielleicht irgendetwas mit der Art zu tun haben könnte, wie Anna mich jetzt ansah.

»Was führt euch her?«, fragte ich.

»Frigga hat sich hingelegt«, sagte Anna. »Also dachte ich, ich bitte Marco, mich für ein, zwei Stunden hier herumzuführen. Zur Abwechslung. Sich im Palazzo aufzuhalten, während Frigga umherwandert und weint, ist ein bisschen, als befände man sich in einer griechischen Tragödie.«

»Es ist anstrengend«, gab Marco zu. »Sie fühlt ihn sehr tief, seinen Tod.«

»Keine weiteren Hinweise darauf, was Gunther eigentlich zugestoßen ist?«

»Nein«, sagte Anna. »Keine Anzeichen eines Kampfes. Er war nicht betrunken. Er hatte ein paar Verletzungen am Kopf, aber die hat er sich wahrscheinlich beim Fallen zugezogen. Sie behandeln es immer noch als Unfall. Also wird keiner von uns direkt verdächtigt, aber verdächtig sind wir trotzdem alle.«

Marco seufzte. »Ich denke, vielleicht hatte er etwas mit Drogen zu tun oder so. Dieses ewig klingelnde Telefon.«

»Sie würden dich gerne befragen, Cassandra«, sagte Anna. »Ich weiß nicht, ob du die Nachricht gesehen hast, die ich im Hotel hinterlassen habe.«

»Sie werden um drei im Palazzo erwartet«, sagte Marco.

Ich fragte mich, ob Anna Nickys Nachricht an mich gesehen hatte. Ob das der eigentliche Grund war, weshalb sie Marco mitgebracht hatte.

»Dann werde ich wohl mal zum Palazzo gehen«, sagte ich, während ich gleichzeitig beschloss, nichts dergleichen zu tun. »Selbstverständlich habe ich nichts zu verbergen.«

»Selbstverständlich nicht«, sagte Anna.

Die Lista di Spagna mit ihren zahlreichen Hotels, überteuerten Trattorias und Andenkenbuden war nicht gerade die Gegend, in der ich Albert vermutet hätte. Aber als ich in einer Bar in der Nähe des Bahnhofs nach einem Hotel fragte, das früher ein Kloster gewesen war, wurde ich eine enge Straße hinuntergeschickt, und fast augenblicklich flaute der Lärm der Lista di Spagna ab. Als ich eintrat, war niemand an der Rezeption, also schlenderte ich durch eine große Halle mit Marmorboden in einen Garten. Feigenbäume und Pinien, Rosen und Orangenbäume verströmten ihren Duft. Zum ersten Mal seit meiner Ankunft in Venedig hörte ich Vögel.

Das Hotel passte besser zu Albert als das Danieli, dachte ich, und dann fragte ich mich, woher ich das wissen konnte. Ich kannte Albert kaum. Unser gemeinsamer Aufenthalt an den norwegischen Fjorden war voller Spannungen gewesen, und seitdem hatte ich erst einen Abend mit ihm verbracht. Ich war ziemlich sicher, dass er nicht Gunthers Mörder war, aber sonst war alles ungewiss.

An der Rezeption sagte man mir bedauernd, dass Signore Montague ausgegangen sei, und nein, sie hatten keine Ahnung, wo er war oder wann er wiederkommen würde. Aber wenn Madame eine Nachricht hinterlassen wolle.

Madame schrieb auf ein Blatt Hotelbriefpapier: »Was zum Teufel treiben Sie, Albert?«

Damit blieb immer noch das Problem, was ich jetzt tun sollte.

Ich hatte keine besondere Lust, ins Hotel zurückzukehren und von der Polizei ausgefragt zu werden. Ich würde mich verpflichtet fühlen, ihnen den Namen von Nickys Pension zu sagen, und dann käme sie womöglich in ernste Schwierigkeiten. Warum war sie nicht einfach in England geblieben, als sie die Möglichkeit hatte? Der Inspektor würde nicht nur alles über das Fagott und Gunther wissen wollen, er würde auch fragen, wie sie mit einem gestohlenen Pass wieder ins Land gekommen war. Meinem Pass.

Wohin also? Ich ging die Fondamenta di Cannaregio entlang, die vor dem Bau des Bahnhofs die Haupteinfallsstraße nach Venedig gewesen war. Seitdem war die Cannaregio etwas heruntergekommen. Das Angenehmste an ihr waren die wenigen Touristen, denn es gab dort nicht viel Berühmtes zu betrachten. Es war schmutziger hier, stinkiger. Die Luft roch nach in Olivenöl bratendem Fisch, nach Knoblauch und Tomaten, nach leicht brackigem Wasser. Ich ging weiter, bis ich das Schild zum Ghetto sah, und bog von der Fondamenta ab. Ich folgte der Straße an holzverarbeitenden Läden und einem oder zwei koscheren Restaurants vorbei zum Campiello di Schole. Dann kam ich an die Fußgängerbrücke zum Ghetto Nuovo. Trotz seines Namens war das Ghetto Nuovo keineswegs neu. Es war das ursprüngliche jüdische Ghetto von Venedig, der vorgeschriebene Wohnort, von dem alle folgenden Ghettos ihren Namen ableiteten, *geto*, das venezianische Wort für Gießerei.

Diese war eine von drei Brücken, die die Insel mit dem Rest von Venedig verbanden. Damit verbanden und davon abtrennten. Über drei Jahrhunderte hatte es Brückentore gegeben, die nachts geschlossen wurden, manche sagten, zum Schutz. Ich erinnerte mich, irgendwo gelesen zu haben, dass einst mehrere tausend Juden auf der eingeschlossenen Insel gelebt hatten, Aschkenasim und später Sephardim. Als Napoleon befahl, die Tore einzureißen, ging die Zahl zurück, obwohl die Juden aus der Stadt immer noch im Ghetto beteten und Geschäfte machten.

Sonst wusste ich nicht mehr viel. An diesem Spätnachmittag schien der große Campo ein friedlicher Platz zu sein, auf dem gut gekleidete Kinder einen Ball hin und her warfen, während die Großeltern auf einer Bank schwatzten. Verglichen mit den meisten Plätzen in Venedig war er so ruhig, dass man sich eine Zeit, in der er von Wucherern, Wäscherinnen, Juwelieren, Lumpen- und Knochensammlern und rabbinischen Studenten wimmelte, nur schwer vorstellen konnte. Von spielenden Kindern.

Das goldene Licht Venedigs fiel auf ein Holocaust-Mahnmal an einer Mauer.

Ich ging zum Museum an der einen Ecke des Platzes, kaufte eine Eintrittskarte und stieg die Treppe hinauf. Plötzlich fühlte ich mich erschöpft und melancholischer als für einen wirklich fruchtbaren Museumsbesuch gut ist. Doch wusste ich im Augenblick nicht, was ich sonst tun sollte.

Vor einem gläsernen Schaukasten stand ein Mann; er hatte mir den Rücken zugewandt. Ich erkannte ihn nicht sofort, weil eine Yarmulke seinen fast kahlen Kopf bedeckte und seine Hände in den Taschen des Tuchmantels steckten. Aber nachdem ich ihn einen Augenblick beobachtet hatte, wusste ich, dass ein Irrtum ausgeschlossen war. Sein Spiegelbild schwamm geisterhaft zwischen den Gebetbüchern aus filigranem Silber, den kunstvoll gearbeiteten Krügen, den Schriftrollenbehältern in getriebenem Silber und den vielarmigen Kandelabern.

Er fühlte sich beobachtet, drehte sich um und lächelte eher freudig als besorgt. Es war fast, als hätte er geplant, dass ich ihm auf diesen abgelegenen Campo und in das winzige Museum voll silberner liturgischer Gerätschaften folgen sollte.

»Cassandra, meine Liebe. Sind Sie auch wegen der Führung hier?«

Dreizehn

»Nein, ich bin nicht wegen der Führung hier!«, erwiderte ich. »Ich bin hier, um Ihnen ein paar Fragen zu stellen.«

»Kein Grund zur Hektik. Wir haben reichlich Zeit, meine Liebe«, sagte er, indem er eine schwarz behandschuhte Hand auf einen meiner herumfuchtelnden Arme legte. »Wir können uns während der Führung unterhalten. Ich habe mich schon seit ewigen Zeiten auf diesen Rundgang durch die Synagogen des Ghettos gefreut. Mir gefällt übrigens, was Sie mit Ihrem Haar angestellt haben. Es scheint gewachsen zu sein, seit ich Sie zuletzt gesehen habe.«

»Die Feuchtigkeit«, grummelte ich.

»Ja, ich denke, ein Sturm ist im Anzug«, sagte Albert. »Die Luft fühlt sich ganz kribbelig an.«

Er hatte mich energisch die Treppe hinunter zu der Gruppe geführt, die im Vorhof des Museums stand. In meinen Augen sahen fast alle amerikanisch aus, und nur wenigen der Paare schien das Reisen zu bekommen. »Wir hätten haargenau die gleiche Menorah zu Hause kaufen können, Daniel«, tadelte eine arrogante Blondine ihren Mann.

Es gab alles in allem fünf Synagogen, wovon jede einer der »Nationen« gehörte, die im Lauf der Jahrhunderte das Ghetto bewohnt hatten. Als die Juden auf die kleine Insel umgesiedelt wurden, mussten sie die Gebäude nehmen, die man ihnen gab, aber im Lauf der Jahre veränderten sie die Innengestaltung und erhöhten die Anzahl der Stockwerke ihrer Häuser. Die *Schola* oder Synagogen, die sowohl Stätten des gemeinsamen Gebets wie auch allgemeine Versammlungshallen und Studierräume für das tägliche Lesen der Thora darstellten, befanden sich meistens im obersten Stockwerk eines Hauses, mit fünf von außen sichtbaren Fenstern. Nur diese fünf Fenster gaben vom Campo aus gesehen einen Hinweis darauf, dass oben ein heiliger Ort verborgen war.

Wir zockelten ein paar Hintertreppen zur Canton Schola hinauf, der Schmuckkasten-Synagoge aus dem frühen sechzehnten Jahrhundert. Es war, als befände man sich in einer verzierten Renaissance-Truhe, eingelegt mit Holz und dekoriert mit kleinen Gemälden, die Geschichten aus der Bibel darstellten. Albert hatte ein winziges Opernglas hervorgeholt und hielt es sich vor die Augen, um genauer zu sehen, wie Moses das Rote Meer teilte. Fragen prasselten auf die Führerin ein, die aussah, wie eine *Yeshiva*-Studentin aussehen würde, wenn es welche gäbe. Sprachen die Aschkenasim hier Jiddisch? Ja. Sie waren ärmer als die Levantiner, die später kamen und mediterrane Kaufleute waren, und als die Sephardim, die aus Spanien vertrieben wurden, aber Reichtümer mit sich brachten wie auch die Gewohnheit, im Verborgenen zu beten. Seit dem Mittelalter waren die Aschkenasim gezwungen gewesen, die Bank für die Armen wie für die Reichen zu sein. Ich hörte mit halbem Ohr zu, während ich überlegte, was ich von Albert eigentlich wissen wollte.

Während die Yarmulken ausschwärmten, fasste ich in Gedanken zusammen, was ich über den Fall wusste.

Ein seltenes Fagott, das Signore Sandretti gehörte, wurde aus Nicolas Zimmer gestohlen, während sie schlief. Obwohl Albert es auf geheimnisvolle Weise wiedererlangt hatte, behauptete Sandretti, es nicht zu erkennen. Am Abend der versuchten Rückgabe des Fagotts wurde Gunther im Kanal gefunden. Anna de Hoog war die Erste am Tatort, gefolgt von Sandretti.

Was die Vorgeschichte von Gunthers Tod betraf, so hatte er nach einem Telefonanruf im zweiten Akt von *Orlando Furioso* die Pietà verlassen, und Bitten war ihm gefolgt. Sie sagte, sie hätten einen Spaziergang Richtung Schifffahrtsmuseum gemacht. Sie wurden von Marco und Andrew, die in der Pause zwischen dem zweiten und dritten Akt die Aufführung verlassen hatten, bei einem Streit beobachtet. Dann gingen Marco und Andrew in die entgegengesetzte Richtung und setzten sich auf einen Drink in die Bar des Danieli. Es blieb etwa eine halbe Stunde, in der jemand Gunther hätte würgen und in den Kanal stoßen können.

Bitten hatte die Gelegenheit, aber wenn sie nicht eine andere war als sie zu sein vorgab, wenn sie ihre Zuneigung zu Gunther nicht gespielt hatte, wenn er sie nicht dermaßen wütend gemacht hatte, dass sie in Betracht zog, ihn zu töten, dann hatte sie eigentlich kein Motiv. Darauf lief es hinaus.

»Lassen Sie uns das eine aus dem Weg schaffen«, sagte Albert, der an meine Seite kam. »Dann können Sie aufhören, so schrecklich misstrauische Blicke auf mich zu richten. Sagen Sie mir, dass Sie mich nicht verdächtigen, Gunther ermordet zu haben.«

»Nein«, sagte ich unwillig. »Sie waren die ganze Zeit bei mir.«

»Und genau aus diesem Grund verdächtige ich Sie nicht.«

»Mich!«

Wir verließen die Schola und gingen mit dem Rest der Gruppe nach unten. Daniel und seine Frau gingen vor uns und stritten sich immer noch über die Menorah. Ob die, die sie gekauft hatten – die Daniel der Verschwender gekauft hatte – das genaue Gegenstück zu der war, die sie ganz leicht bei Gumps in San Francisco finden könnten. Für den halben Preis.

»Hier ist meine Frage an Sie«, sagte Albert. »Wer hat Gunther während des Konzerts auf seinem Handy angerufen?«

»Frigga, nehme ich an.«

»Und die ist?«

»Seine Urgroßmutter. Sie hat ihn aufgezogen, nachdem seine Mutter starb. Gestern ist sie in Venedig angekommen.«

»Es wäre ziemlich leicht«, sagte Albert, »das Handy zu überprüfen und nachzusehen, welches die letzte Nummer war.«

»Nur ist das Handy mit ihm ins Wasser gefallen.«

Die Führerin scheuchte uns nun in einem anderen Gebäude eine weitere Treppe hinauf. Ein paar ungeduldige Kerle in der Gruppe hatten ihre Yarmulken abgenommen, und die Führerin ermahnte sie, sie wieder aufzusetzen. Diese Synagoge bestand aus Scharlachrot und dunklem Holz. Sie war ebenfalls klein und vermittelte ein Gefühl von Verborgenheit.

»Wo war der ältere Sandretti während des Konzerts?«, fragte Albert und schoss dann davon, um eine Schnitzerei aus der Nähe zu betrachten.

Ich wartete, bis die Führerin mit ihrer Beschreibung fertig war, und schloss dann wieder zu Albert auf. Inzwischen hatte ich mich erinnert, dass Signore Sandretti zu Beginn eindeutig da gewesen war – er hatte die Einführung in die Oper gegeben – und am Ende auch, aber während der Aufführung hatte ich ihn überhaupt nicht gesehen.

»Aber warum sollte Sandretti Gunther ermorden?«, flüsterte ich Albert zu, als die Gruppe den Raum allmählich verließ.

Albert war immer noch von den geschnitzten hölzernen Basreliefs gefesselt. Mit Mühe senkte er sein Opernglas, wandte sich zu mir um und seufzte. »Das will ich nicht andeuten. Ich sage nur, er ist nicht, was er scheint.«

»Wegen des Fagotts?«

»Genau. Hier haben wir einen bekannten venezianischen Konzertagenten, von dem man annimmt, dass er finanziell ein wenig in der Klemme steckt. Er meldet ein Fagott als gestohlen. Nicht einfach irgendein seltenes Fagott aus einem Museum, sondern ein Fagott aus seiner Privatsammlung. Ein Instrument, von dem er wiederholt versichert, es sei von den Musikerinnen der Pietà benutzt worden und seit Generationen im Besitz der Familie.«

»Glauben Sie ihm nicht?«

»Das weiß ich nicht zu entscheiden. Aber ich habe den Verdacht, dass dies widerholte Versichern den Wert des Instruments gesteigert hat. Das ist der übliche Grund für solche Aussagen. Vielleicht hat er sogar Dokumente, die seine Behauptungen bestätigen. Nein, die interessante Frage war von Anfang an, warum wurde ausgerechnet dieses Fagott gestohlen?«

»Um Nicky in Schwierigkeiten zu bringen«, sagte ich prompt. Wir gingen gerade en masse die Straße entlang, die von der Insel hinunterführte und das alte abgeschlossene Ghetto mit dem Ort verband, an den die Sephardim gezogen waren. Laut unserer Führerin war er einst offen und ländlich gewesen, mit einem Gasthaus und verschiedenen Läden. Jetzt war er so dicht besiedelt wie jeder Flecken Venedigs. Wir kamen an dem Laden vorbei, in dem Daniel offenbar die Menorah erstanden hatte. »Nein, ich tausche sie nicht um. Wir sind hier nicht in San Francisco, hier gibt es keine Supermarktmentalität, Doris!«

Ich sagte noch: »Bitten hat es gestohlen, um Nicky zu bestrafen, weil ... für irgendetwas. Eine Eifersuchtsgeschichte.«

»Ah, der psychologische Faktor«, sagte Albert. »Und doch gibt es möglicherweise eine viel einfachere Erklärung.«

Ich sah ihn verständnislos an.

»Die Versicherung, meine Süße. Wenn man ein seltenes Fagott aus einem Museum gestohlen hätte, dann wäre das ein ernstes Vergehen und ein Verlust für das italienische Volk – nicht ganz das Gleiche wie eine Bellini-Madonna, die am helllichten Tag aus einer Kirche gestohlen wird, aber dennoch ein Verlust –, aber es hätte Signore Sandretti nicht persönlich bereichert.«

»Was vielleicht erklärt, warum Sandretti behauptete, es sei nicht sein Fagott, als Sie es zurückbrachten.« Ich dachte an diese spezielle Szene zurück. »Bitten und Marco erkannten es sofort.«

»Mir ist aufgefallen, dass Marco seinem Vater gegenüber unnatürlich loyal ist«, sagte Albert. »Was Bittens Schweigen bedeuten sollte, weiß ich nicht genau.«

»Wieder der psychologische Faktor?«, warf ich ein. »Sie wollte, dass Nicky schuldig war.«

»Psychologie ist gut und schön«, sagte Albert, als wir die letzte Synagoge des Rundgangs betraten, eine kleine, unterhalb von derjenigen der Levantiner gelegen, die für Besichtigungen geschlossen war. »Aber in meinem Beruf ist Geld meist das Hauptmotiv.«

»Selbst für Mord?«

»Ich habe das schon erlebt«, sagte Albert geheimnisvoll.

Als der Rundgang zu Ende war, traten wir auf das silbrige Pflaster des Spätnachmittags hinaus. Die Wolken über uns waren rosa und donnerblau: trotz der in Pflaster und Häusern gestauten Wärme kühle Farben. Die Luft grollte leise vor sich hin, als ob sie ihre weiteren Pläne durchdachte.

Die Worte der Führerin in der letzten kleinen Familiensynagoge hatten uns ernüchtert. Denn sie hatte uns erzählt, wie die Juden Venedigs im Krieg zusammengetrieben wurden. Verglichen mit Deutschland und Polen waren die Zahlen minimal; trotzdem kehrten nur sechzig Menschen zurück. Immer noch war das Ghetto nur spärlich bevölkert. Es waren keine Aschkenasim übrig, nur Sephardim. Daniel und Doris stritten sich nicht mehr, wie ich bemerkte, und mehrere Leute wischten sich Tränen aus dem Gesicht.

Als Albert und ich in Richtung des Campo davongingen, fragte ich: »Aber wie sind Sie überhaupt an das Fagott gekommen? Und wo ist es jetzt?«

»Da wir gerade in der Nähe sind«, sagte er, »schlage ich vor, wir statten meiner alten Freundin Graciela einen Besuch ab.«

Gracielas Antiquitätenladen lag an einem stillen Platz in der Nähe und war winzig und geschmackvoll. Nicht so voll gepackt mit Gegenständen wie viele ähnliche Läden. Hier war die Dekoration alles. Ein paar zusammengebundene silberne Teelöffel, eine marmorierte grüne Flasche aus mundgeblasenem Glas, ein einzelnes zartes Weinglas in schönem Rosenrot, ein paar hingestreute Glasperlen. Auf einem Samtschal war eine Hand voll alter Schmuck arrangiert, der mich an die einst frivolen Toten denken ließ. In der Wand steckten Nägel mit Kleiderbügeln, von denen ein paar Gewänder baumelten: zwei gestickte Herrenmäntel, einer in verblichenem Rot, einer himmelblau, eine Satinweste, die an das Regency-England erinnerte, ein paar orientalische Seidenschals.

Graciela kam uns entgegen und küsste Albert dreimal auf die Wangen. »Mein Lieber«, sagte sie in perfektem Englisch. »Ich habe nicht erwartet, dich heute noch einmal zu sehen.«

»Graciela, cara,« sagte Albert. »Meine liebe Freundin Cassandra, die ich *ganz* unerwartet getroffen habe und die die Ursache all dieses Holzblaswirbelwinds gewesen ist, hat einige Fragen, die wir vielleicht zusammen beantworten könnten.«

»Aber sicher«, sagte Graciela und winkte uns auf wacklige, aber wunderschöne Stühle aus dem siebzehnten Jahrhundert. Erwartungsvoll schaute sie mich an.

In letzter Zeit fällt mir auf, dass ich mich angesichts schöner Frauen meines Alters, denen es irgendwie gelungen ist, ihre Jugend zu erhalten, zu verlängern und auszudehnen, einfach scheußlich alt fühle. Es war klar, dass ich keine hinfällige alte Dame werden würde; ich gehörte eher zum sanft verdorrten Typ. Ich würde allzu dünn werden, würde einen Stock zum Humpeln benutzen müssen, und meine Haut, die schon jetzt schnell verrunzelte, würde zu einem über meine knirschenden Knochen und das eingefallene Fleisch gezwängten Netzstrumpf werden. Mit unter fünfzig lag das alles noch vor mir, aber an manchen Tagen konnte ich es mir sehr gut vorstellen. Das einzig noch Junge an mir war mein drahtiges Haar, und selbst das wurde schnell grau. Graciela war nicht nur perfekt frisiert und elegant gekleidet, sie hatte auch die abgezirkelten Gesten und königlichen Manieren einer Herzogin. Sie erinnerte mich eigenartig an Olivia Wulf, außer dass ihr Lächeln echt war und ihre Stimme eher freundlich als barsch.

»Cassandra möchte gern wissen, wie das Fagott zu dir gekommen ist«, sprang Albert ein, da es mir plötzlich die Sprache verschlagen zu haben schien.

»Natürlich. Als Albert mir erzählte, wonach er suchte, fragte ich sofort herum, besonders unter meinen Kollegen, die sich auf alte Musikinstrumente spezialisiert haben. Viel Hoffnung hatte ich nicht, ehrlich gesagt. Im Allgemeinen ist alles, was in Italien gestohlen wird, binnen vierundzwanzig Stunden außer Landes. Zu meiner Überraschung bekam ich sehr schnell einen Rückruf. Mein Freund Andrea sagte, ein Gondoliere habe ihm vor zwei Tagen das Fagott gebracht und gesagt, es sei unter einem Sitz vergessen worden. Es schien aus Privatbesitz zu stammen. Jedenfalls hatte es keine Museumsmarkierungen. Ich rief Albert an, und er holte es von meinem Kollegen zurück und brachte es in den Palazzo Sandretti. Es ging natürlich nicht darum, es an Sandretti zurückzuverkaufen; trotzdem erwarteten wir eine kleine Gabe, ein Zeichen der Anerkennung für unsere Hilfe und Ehrlichkeit.«

Albert nickte, sein gewölbter Schädel vergoldet im Licht des Kronleuchters. »Als Sandretti sich weigerte, das Fagott anzunehmen oder auch nur zuzugeben, dass er es erkannte, wurde mir klar, dass etwas anderes im Gange war.«

»Eine Gondel!«, sagte ich. »Gibt es kein Fundbüro für Gondeln?«

Beide lachten höflich.

»Was haben Sie dann vor dem Konzert mit dem Fagott gemacht?«

»Wie Sie vermutet haben, ließ ich es im Gepäckraum des Danieli bei meinem Freund, dem Portier, der strikte Anweisungen hatte, mir zu melden, wenn jemand käme und danach fragte, und überdies zu leugnen, dass es da war. Am nächsten Morgen holte ich es ab und brachte es hierher zu Graciela zur sicheren Verwahrung.« Albert machte eine Pause. »Drei Leute kamen in die Gepäckaufbewahrung, um danach zu fragen.«

»Ich wette, das kann ich raten. Marco, Bitten und Sandretti.«

»Teilweise zutreffend. Bitten kam zuerst. Etwa eine halbe Stunde später fragte Marco nach. Aber die dritte Person war nicht Sandretti. Es war Anna de Hoog, die nach dem Konzert kam. Und während sie nach dem Fagott fragte, entdeckte der Türsteher auf dem Danieli-Dock Gunthers Leiche im Kanal.«

»Weshalb Anna als Erste am Tatort war«, sagte ich. »Sandretti und Anna de Hoog müssen irgendwie unter einer Decke stecken. Haben Sie mir deswegen im Hotel die Nachricht mit der Frage hinterlassen, in welchem Orchester sie spielt?«

»Nur ein kleiner Anstoß, sonst nichts«, sagte Albert. »Wie verschiedene Leute bemerkt haben, ist Anna de Hoog nicht der Welt bemerkenswerteste Musikerin.«

Ich errötete bei der Erinnerung an die vergangene Nacht. Sie hatte mich vollständig entwaffnet (und entkleidet).

Graciela brachte das Fagott aus dem Hintergrund des Raumes. »Es wäre wirklich erstaunlich, wenn dies eins der Instrumente aus der Pietà sein sollte. Mein Kollege, der auf Musikinstrumente spezialisiert ist, sagt, das Correr Museum besitzt viele der Instrumente aus der Musikschule dieses *ospedale* und stellt sie aus. Es gibt eine Reihe Geigen sowie Hörner und Flöten und Oboen. Sogar ein Pianoforte ist dabei. Aber es befinden sich keine Fagotte im Inventar.« Sie tätschelte es mit leichtem Bedauern. »Ich würde natürlich nicht daran denken, es zu verkaufen. Es ist mir wirklich zuwider, wenn schöne und historische Beispiele des nationalen Erbes das Land verlassen.«

»Und was ist mit dem hier?« Ich deutete auf die Regale ringsum. Hielt sie mich für einfältig? Die Frau hatte einen Antiquitätenladen.

»Oh, davon ist nur weniges italienisch«, lächelte Graciela. »Das meiste stammt von meinen Besuchen der großen Auktionen in Großbritannien, im Norden Englands und insbesondere in Schottland. So haben Albert und ich uns kennen gelernt, nicht wahr?«

»Aber, aber«, sagte ich, »kommen denn die Leute nicht in Ihren Laden, Ihren Laden in V*enedig*, in der Hoffnung, etwas *Venezianisches* zu kaufen?«

»Sammler denken nicht in diesen Bahnen, meine Süße«, sagte Albert erheitert. »Und was gewöhnliche Menschen betrifft ...«

»Die denken nicht über Wert und Würdigung nach«, sagte Graciela. »Sie lieben, was sie lieben. Sie lieben, was sie anspricht.«

Ich schaute mich um. Das Einzige in dem Laden, das mich ansprach, war Graciela selbst, aber das kam nicht in Frage. Das Fagott sprach mich allerdings auch an. Es sagte: »Gib mich Nicky. *Sie* wird mich zu würdigen wissen.«

Ich sagte: »Ich muss Nicola hierher mitbringen. Sie könnte das Fagott eindeutig identifizieren. Ich meine, offiziell. Wenigstens würde sie das vom Verdacht des Diebstahls befreien.« Wieder schaute ich mich um. »Vielleicht würde sie auch ein paar andere Sachen erkennen. Sie stammt aus Schottland, aus einer Familie, die eine ganze Menge verkauft hat, glaube ich, als sie vor ein paar Generationen vom Schlossleben Abschied nahm.«

»Die einen fallen, die anderen steigen auf«, sagte Albert zwinkernd. Ich deutete es so, dass er und ich zu Letzteren gehörten. Da er keine Anstalten machte zu gehen, stand ich auf, ohne den antiken Stuhl zerstört zu haben, und ging zur Tür. Es schien mir nicht der richtige Ort, vor seiner eleganten Freundin, ihm die Frage zu stellen, die ich mir bis zuletzt aufgehoben hatte: *Sie haben nicht zufällig bemerkt, dass die Kombination für Nickys Safe im Linsenglas aufbewahrt wird?*

»Kommen Sie doch heute Abend wieder ins Ghetto«, schlug Albert vor. »Wie ich höre, gibt es in einer der Bars Klezmer-Musik. Die Band wird in einer Barke auf dem Kanal spielen.« Er zwinkerte mir noch einmal zu. »Das Mädchen, das die Freundin

Ihrer Freundin Francesca ist, spielt offenbar in dieser Gruppe. Die Klarinettistin. Marcos Schwester.«

Ich hatte gegenüber Francesca eine Geste der Entsagung gemacht. Aber das war schießlich nicht dasselbe wie Entsagung an sich. Die Mädchen in *Liebende und Nonnen* traten ständig in dieses Kloster ein und wieder aus. Ich würde das Konzert besuchen und Nicky mitnehmen. Sie hatte gesagt, sie wolle Roberta so bald wie möglich kennen lernen. Es wäre die perfekte Gelegenheit, im Schutz der Nacht.

Vierzehn

Mit Anna de Hoog hatte ich ein Hühnchen zu rupfen, aber als ich im Palazzo vorbeiging, traf ich sie nicht an, genauso wenig wie Andrew oder Bitten.

»Miss de Hoog macht mit ihnen eine Exkursion zum Friedhof«, sagte der unglückliche Marco. Er war wieder Friggas Babysitter. Sie hatte ein Weilchen geschlafen, war aber jetzt wach und lief wieder auf und ab. Wir konnten sie oben hören. »San Michele ist eine sehr interessante Insel in der Lagune.«

Dass Anna irgendeinen heimlichen Grund hatte, Andrew und Bitten zur Friedhofsinsel San Michele zu führen, daran hegte ich keinen Zweifel. Aber ich bezweifelte, dass sie die beiden beseitigen würde. Auch waren sie in diesem Drama nicht die Charaktere, um die ich mich am meisten sorgte.

»Der Polizeiinspektor war Ihretwegen um drei Uhr hier«, setzte er hinzu. »Er wartete eine Weile, ging dann aber. Er gibt Ihnen seine Karte und bittet höflich, dass Sie ihn anrufen, sobald Sie können.«

»Danke. Hören Sie, warum gehen Sie nicht einen kleinen Espresso trinken, Marco? Ich gehe nach oben und setze mich so lange zu Frigga.«

»Ich bin nur eine halbe Stunde weg, mehr nicht«, sagte Marco dankbar. »Ich bin nur um die Ecke.«

»Lassen Sie sich Zeit.« Ich wollte nicht nur mit Frigga sprechen, ich war auch neugierig auf die Bibliothek oben an der

Treppe. Als Sandretti sie neulich öffnete, hatte ich nur einen kurzen Blick hineinwerfen können, aber ich fragte mich, ob sich nicht ein paar interessante Dinge im Schreibtisch oder in den Regalen fanden, und nicht nur Plutarchs gesammelte Werke.

Aber die Tür zur Bibliothek war fest verschlossen und kein Rütteln konnte sie öffnen. Stattdessen klopfte ich an Friggas Tür und ging einen Augenblick später hinein.

Das Deckenlicht war nicht an, nur eine kleine Lampe neben dem Bett. Immer noch in ihrem Chanelkostüm stand Frigga am Fenster und betrachtete den Sonnenuntergang über dem Giudecca-Kanal. Der aufziehende Sturm hatte haufenweise schwarzblaue, mit Goldfäden bestickte Wolken mitgebracht.

»Ich war einmal als Mädchen in Venedig«, sagte sie und drehte sich halb um, um zu sehen, wer hereingekommen war, dann wieder zum Fenster. Sie sprach Deutsch, und ich musste mich anstrengen, sie zu verstehen. »In den zwanziger Jahren kam ich mit meinem Vater und meiner Mutter her. Damals waren sie wohlhabend, zumindest wohlhabend genug für einen Italienurlaub. Wir wohnten am Lido, nicht hier in der Stadt. Die Stadt galt als gefährlich. Wir wohnten im Excelsior. Ich weiß noch, dass mein Vater sagte, wir würden noch oft wiederkommen. Aber das taten wir natürlich nicht. Die Wirtschaftslage verschlechterte sich und mein Vater verlor seine Fabrik. Ich heiratete. Hitler kam an die Macht. Ich schickte meine Tochter zum Studium nach Wien, in Sicherheit. Sie war sicher. Für kurze Zeit.«

Ich war in der Absicht hier eingedrungen, Frigga auszufragen. Nach der Tour durch die Synagogen hegte ich für Mitglieder der deutschen Bevölkerung keine besonders freundschaftlichen Gefühle. Jetzt setzte ich mich aufs Bett. Das Zimmer war ziemlich dunkel; nur Frigga, klein und beinahe jugendlich aussehend, hob sich als Silhouette vor einem Fenster voll schwarzer Wolken und farbiger Streifen deutlich ab. Da sie in ihrer eigenen Sprache sprach und nicht in zögernd korrektem Englisch, drückte sie sich klar aus und war ganz sie selbst.

»Was geschah mit Ihrer Tochter?«, fragte ich, als sie nichts mehr sagte. Mein Deutsch war nicht brillant, reichte aber aus, um ihre Erzählung zu verstehen. Die Traurigkeit der geschichtlichen Ereignisse füllte die Lücken, wenn ich etwas nicht verstand.

»Anna war Musikstudentin am Konservatorium in Wien. Sie heiratete ganz plötzlich einen jüdischen Kommilitonen. Er hätte ausreisen sollen, als er die Gelegenheit hatte. Aber etwas geschah, dass er es nicht tat. Dann heiratete er Anna. Kurz danach wurde er verhaftet. Ein Jahr später starb er in Dachau, obwohl ich das erst nach langer Zeit erfuhr. Er verschwand einfach. Anna kam zu mir nach Hause, nach München. Sie war schwanger. Während des Krieges starb sie bei einem Brand. Ich nahm das Kind und zog in ein kleines Dorf am Rhein, zu Verwandten.

Ruth war alles, was ich hatte. Mein Mann war gleich bei Kriegsbeginn gefallen. An eine Wiederheirat war nicht zu denken. Wir kratzten mühselig unseren Lebensunterhalt zusammen, jahrelang. Ruth war mein Leben und doch konnte ich sie nicht vor dem Leiden bewahren. Sie litt darunter, Waise zu sein, sie litt, weil sie ein sehr begabtes Mädchen war, sie litt, weil sie Halbjüdin war. Sie wuchs heran, voll Hass gegen alle und jeden. Ihr Leben war eine Tragödie. Sie hätte Musikerin werden können wie ihre Eltern. Sie hatte die Begabung und das Temperament. Wenn sie nicht in diesem Dorf gelebt hätte. Wenn wir Geld gehabt hätten oder jemanden, der uns nach dem Krieg unterstützte. Stattdessen warf sie sich weg, mit nur zwanzig Jahren. Sie warf sich weg an einen Dorfjungen, der sich nichts aus ihr machte. Sie war ein sensibles, schönes Mädchen wie ihre Mutter. Sie bekam ein Kind, und die Schande war zu viel für sie. Sie nahm sich das Leben.«

Frigga hatte die Arme um sich geschlungen und wiegte sich vor und zurück. Es gab nur noch wenig Licht. In der Ferne sah ich Wetterleuchten. Die Luft im Zimmer war stickig.

»Ich beschloss, ihren kleinen Jungen aufzuziehen und alles für ihn zu tun, was ich konnte, das ich für Ruth nicht getan hatte. In den Sechzigern waren die Zeiten besser. Er ging auf eine ausgezeichnete Schule, bekam ein Stipendium für ein Musikstudium. Mir war er ein guter und treuer Sohn, der immer anrief und nie mit schlechten Mädchen ging. Deswegen glaube ich nicht, dass er mit dieser schwedischen Frau verlobt war. Nicht, wo er sie erst eine Woche kannte. Er hat mir nichts davon erzählt.«

»Hat er Sie aus Venedig angerufen?«

»Oh, ja, mehrmals. Er hat es wunderschön beschrieben. Er sagte, ich solle herkommen. Ich sagte, nein, ich sei zu alt zum Reisen. Zu alt, nach Venedig zu reisen.« Sie lachte mit einiger Bitternis. Endlich löste sie sich vom Fenster und knipste eine Lampe an. In dem plötzlichen Licht mussten wir beide blinzeln.

»Sie haben nicht zufällig an dem Abend angerufen, als er ... gefunden wurde?«

»Ich habe ihn nie angerufen«, sagte Frigga. »Das brauchte ich nicht. Er rief mich an.«

»Aber ich habe sein Telefon mehrmals klingeln hören. Ich hörte ihn mit einer Person sprechen, die er Frigga nannte.«

Sie wirkte verblüfft, dann verletzt und schließlich wieder ruhig. »Aber er hätte mich niemals Frigga genannt«, sagte sie. »Er nannte mich immer *Großmutter*, genau wie Ruth.«

Marco klopfte und trat ein. Er sah immer noch sorgenvoll aus. »Sie werden doch mit uns zu Abend essen, hoffe ich, Mrs. Reilly«, sagte er.

»Tut mir Leid«, erwiderte ich mit einem Blick auf die Uhr. »Ich habe heute Abend etwas vor. Aber ich würde sehr gern mit Anna de Hoog sprechen.« Ich notierte den Namen des Restaurants, wo die Klezmer-Gruppe spielen würde. »Vielleicht könnte sie dorthin kommen, wenn sie vom Friedhof zurück ist.«

Von Frigga verabschiedete ich mich freundlicher als ich es

beim Hereinstürmen gewesen war. Marco folgte mir die Treppe hinunter.

»Sie wissen, Mrs. Reilly, die Polizei ...«

»Schon gut, Marco. Ich werde der Polizei nicht sagen, was ich weiß. Ich werde Ihr tiefes, dunkles Geheimnis nicht enthüllen.«

Das sollte ein Scherz sein, aber er starrte mich entsetzt an. »Ich habe kein Geheimnis.«

Ich spürte Mitleid mit ihm – zerrissen wegen seiner Sexualität, offensichtlich Sklave seines Vaters und verwickelt in Sandrettis finanzielle Machenschaften, verachtet – vielleicht zurecht – von seiner willensstarken Schwester. »Wegen Andrew«, sagte ich impulsiv. »Ich hoffe, Sie beide ...«

Aber das schien ihn nur noch mehr aus der Bahn zu werfen, obwohl er versuchte, es zu verbergen.

Ich klopfte, gemäß Anweisung, zweimal an die Tür Nummer sieben in Nickys Pension. Es war gar nicht leicht gewesen, sie zu finden, besonders in der Dunkelheit, die inzwischen hereingebrochen war. Ich hatte eine halbe Stunde damit verbracht, die Frari-Kirche zu umkreisen, ehe ich die kleine Gasse entdeckte, die zu der winzigen Gasse führte, die zu der kaum schulterbreiten Gasse führte, in der die Pension lag. Der Himmel über mir war elektrisiert, operesk. Wetterleuchten schnitt durch den Wolkenstoff wie eine kleine helle Schere.

Hinter der Tür hörte ich das Fagott. »Ich weiß, dass du da bist, Nicky«, sagte ich. »Mach auf.«

Widerwillig schleppte sie sich an die Tür. Sie trug eine neu erworbene Tunika aus Silberlamé und braune Stretchsamthosen. Meine kanadische Armeemütze hing an einem Bettpfosten. Ich stürzte mich darauf und stopfte mein ganzes Haar darunter. Ah, schon viel besser.

»Komm«, sagte ich frohgemut. »Ich habe Neuigkeiten verschiedenster Natur, aber die kann ich dir auf dem Weg zum

Ghetto erzählen. Wir gehen aus, in ein Abendkonzert mit Klezmer-Musik.«

»Nein, danke«, sagte sie und nahm ihr Fagott wieder zur Hand. »Ich habe beim Üben gerade einen Ort tiefer Zufriedenheit und Freude erreicht und habe vor, den Abend über dabei zu bleiben. Vielleicht gehe ich später noch auf einen winzigen Imbiss.«

»Aber es ist nicht irgendjemandes Klezmer-Musik«, sagte ich. »Roberta Sandretti spielt in der Gruppe.«

»Ach?« Sie ignorierte mich vollkommen und stürzte sich in eine lange und gruselige Passage. »Wer, glaubst du, ist das?«

»Schostakowitsch?«, riet ich.

»Nein, es ist Vivaldi! Erstaunlich, es gibt Zeiten, da habe ich ihn vollkommen im Griff, kenne ihn und sein Fagott in- und auswendig: die Fröhlichkeit, die Geschwätzigkeit, die Art, wie er das Fagott ein paar lange Takte das Gewicht der Welt tragen lässt, nur um es in einem Lachen aufzulösen. Dann plötzlich bin ich völlig verblüfft, wie modern er klingt. Was er mit dem Fagott zu tun vermochte. Viele Leute haben die Sehnsucht des Fagotts und etwas von seiner vorsichtig tastenden Art erfasst, diesen Klang, als schlichen bestrumpfte Füße auf Zehenspitzen ins Zimmer. Und natürlich ist es immer der Hanswurst des Orchesters. Wenn der Komponist einer Symphonie einen ungeschickten, stolpernden Tölpel braucht, schreibt er das immer dem Fagott in die Partitur. So etwa –«

Nicky sprang auf, summte ein paar Takte aus *Peter und der Wolf* und kam auf mich zu. Ihr Silberlamé schimmerte. Ich wich zurück. Offensichtlich hatte sie viel zu viel Zeit allein mit diesem Instrument verbracht. Sie wedelte mit den Händen. »Aber Vivaldi karikiert das Fagott nicht; er macht das Fagott nicht zum Hanswurst. Er macht es zum Wichtigtuer oder zum Streithahn, aber zum albernen Schwätzer – niemals. Es gibt Zwiegespräche, es gibt geistreiche Unterhaltung. Es gibt Lachen und es gibt Seufzer. Das weiß ich alles. Und dann plötzlich spiele ich eine Passage und merke, der nächste Komponist, der solches Grausen erzeugen kann, ist Sibelius.«

Nicky ließ sich auf ihr Bett fallen; sie war völlig aus dem Häuschen. »Er ist ein Genie. Vivaldi ist einfach unerschöpflich. Obwohl ich mich frage«, sagte sie auf den Kissen liegend, das Bein in die Luft gestreckt und ihren Knöchel betrachtend, »ob er nicht ein winziges bisschen von Monteverdis *Orfeo* inspiriert worden ist. In den Passagen in der Unterwelt steht das Fagott deutlich im Vordergrund. Auch da gibt es etwas von diesem Grausen, eindeutig.«

»Ich dachte, du wolltest Roberta kennen lernen«, sagte ich ungeduldig. »Das ist die Gelegenheit. Jetzt habe ich mir so viel Mühe gemacht ... und überhaupt bin ich auf das angeblich gestohlene Fagott gestoßen.«

Zum ersten Mal zeigte Nicky Interesse. »Wo?«

»Das ist eine lange Geschichte, aber eine Antiquitätenhändlerin namens Graciela hat es. Wir könnten vor dem Konzert bei ihrem Laden vorbeigehen und du könntest es identifizieren. Dann wärst du vom Haken. Die Polizei sucht dich, weißt du. Und mich. Ich kann nicht ewig einen Bogen um mein Hotel machen.«

Nickys Stimmung schlug augenblicklich um. »In Ordnung«, sagte sie, warf das Fagott in die Ecke und suchte nach ihren Schuhen, einem neu erworbenen Paar silberner Stiefel mit unmöglich hohen Absätzen.

»Nicky!«, sagte ich. »Wir werden laufen müssen.«

»Ich kann laufen. Außerdem sind dies meine einzigen Schuhe, wohlgemerkt. Die meisten meiner weltlichen Güter befinden sich immer noch in Sandrettis Gefängnis.«

Sie riss mir die Mütze vom Kopf und zog an den Ärmeln meiner Bomberjacke.

»Hey, hör auf«, protestierte ich.

»Ich möchte dich in dem Cape sehen, das ich gerade gekauft habe.«

Sie öffnete den Schrank und zerrte ein langes schwarzes Samtcape mit Kapuze heraus. Es war wunderschön, aber es passte zu ihr, nicht zu mir.

»Cassandra, leb mal ein bisschen. Vergiss die Mütze. Finde deine innere Venezianerin. Zieh das Cape an, Weib. Siehst du, du siehst *genau* aus wie ich, besonders mit der Kapuze über dem Kopf.«

»Ach, das ist also dein Plan?«, sagte ich.

»Na ja, *du* willst doch, dass ich ausgehe«, sagte sie und zwängte sich in die Bomberjacke. »Dass ich hingehe, wo ich leicht erkannt werden könnte.« Schnaufend versuchte sie, den Reißverschluss zuzuziehen.

»Mach den Reißverschluss nicht kaputt!«, ermahnte ich sie, aber nur halbherzig. Der Samt fühlte sich sehr gut an, auch wenn ich das nie zugegeben hätte.

Als wir aufbrachen, regnete es immer noch nicht, aber die Luft war in Aufruhr und der Himmel knisterte. Ich ging nicht viel schneller als Nicky. Schließlich war ich fast den ganzen Tag auf den Beinen gewesen, hatte kaum eine anständige Mahlzeit gehabt und schleppte immer noch die Biografie des Dirigenten sowie die beiden Romane mit mir herum, und einer davon war sehr schwer.

»Ach, schmeiß sie einfach weg«, sagte Nicky, als ich mich beschwerte. »Sag Simon, sie seien beide grässlich. Er wird es nie erfahren.«

»Es geht doch darum«, sagte ich, ohne auf den Vorschlag einzugehen, »welche Art Literatur veröffentlicht werden sollte. Ich bin beauftragt, das zu entscheiden, und ich kann es nicht. Eins von diesen Büchern ist unterhaltsam, das andere nicht. Eins ist tiefgründig, das andere oberflächlich, aber von einem gewissen feministischen Interesse. Aber Literatur kann nicht einfach nur unterhaltsam sein.«

»Warum nicht?«, fragte Nicky. Sie war genau die Falsche, um diese Frage zu diskutieren. Sie las begeistert historische Liebesromane, besonders wenn sie vor der aufregenden Kulisse des schottischen Hochlands spielten, die Männer »the Bruce« hießen und kurze Röcke trugen und die Frauen ihre Schlösser mit Töpfen voll kochendem Pech verteidigten. *Liebende und Nonnen* würde sie wahrscheinlich verschlingen.

»Unterhaltung ist nicht genug«, sagte ich. »Manchmal ist es genug. Man will ja die Beatles nicht von einem ganzen Orchester hören. Man will Aretha nicht die Tosca singen hören. Aber ernsthafte Literatur ist so viel *besser*. So viel *tiefer*. So viel ...«

»You take the high road and I'll take the low road«, summte Nicky.

»Na, in den lächerlichen Schuhen bist du bestimmt nicht vor mir da«, blaffte ich.

»Ach, komm schon, Oma«, sagte Nicky. »Die beste Kunst ist unterhaltsam *und* ernst. Wie Vivaldi. Wie Matisse. Wie eine schöne große Frau in hohen Absätzen.«

»Angesichts solcher Vergleiche ist es gut, dass du Fagottistin bist und nicht Dichterin«, sagte ich, aber ›Oma‹ hatte mich an ›Großmutter‹ erinnert.

Ich erzählte Nicky von meiner Unterhaltung mit Frigga. Während ich sprach, spürte ich, dass ein oder zwei Wörter dicht unter der Oberfläche meiner Erinnerung lagen. Etwas, das jemand gesagt oder das ich gelesen hatte, das nicht ganz zusammenpasste.

»Wie unglaublich traurig«, sagte sie. »Vor lauter Bitten habe ich Gunther gar nicht wahrgenommen. Eigenartig, nicht? Beide waren vom Krieg gezeichnet. Bitten hat ihren Vater in Dachau verloren und Gunther seinen Großvater.«

Wir überquerten gerade eine der zahllosen Brücken auf dem Weg ins Cannaregio. Wir blieben einen Moment stehen und schauten einander an. Musikstudenten in Wien. Versuche, nach London zu gelangen. Dachau.

»Aber Bittens Mutter, Jakobs Frau, hieß Elisabeth«, sagte Nicky und starrte auf das dunkle Wasser in dem engen Kanal hinunter. Der Geruch fauliger Orangen wehte von irgendwo herüber.

»Und Gunthers Großmutter hieß Anna«, sagte ich. »Und sie ging nicht nach Schweden, sie ging nach München und kam bei einem Brand ums Leben.«

»Und sie hatte keine Tochter namens Bitten. Sie hatte eine Tochter namens Ruth, die von Frigga aufgezogen wurde.«

»In Kriegszeiten muss es viele solche Fälle geben«, sagte ich betreten.

»Und überhaupt«, meinte Nicky. »Wenn Jakob in Deutschland Kinder gehabt hätte, hätte irgendwer zu Olivia Kontakt aufgehommen.«

»Bittens Mutter hat nie versucht, zu Olivia Kontakt aufzunehmen.«

Und dabei ließen wir es bewenden.

Fünfzehn

Wir gingen an Gracielas Laden vorbei und fanden ihn geschlossen, dann weiter zu dem Restaurant auf den Fondamenta, die auf der anderen Seite der alten Ghetto-Insel am Kanal entlangführten. Am Kanal waren gedeckte Holztische aufgereiht, und aus dem hell erleuchteten Restaurant strömten Menschen mit Gläsern und Tellern und suchten sich Plätze. Nicky verschwand nach drinnen und kam mit Biergläsern und ein paar Hors d'Œuvres zurück.

»Ich habe eine Platte Meeresfrüchte bestellt«, sagte sie und zog mich neben sich an einen der Tische. »Ich wette, das ist Roberta«, sagte sie. »Sie sieht genauso aus wie ihr Bruder. Aber wer ist diese wilde Geigerin neben ihr?«

Das Boot mit den wie trunken schaukelnden Kerzen, die Licht auf das schwarze Wasser und die dahinter liegende hohe Steinmauer gossen, war schon ein außerordentlicher Anblick, aber es war das Spiel, das vollends verzauberte. Der klagende Sopran von Robertas Klarinette ergänzte die maschinengewehrartige Lieblichkeit von Giovannas Violine. In einer tieferen Lage, tief, ganz tief, schlug die Trommel und dröhnte der Bass. Jetzt gab es kein jazziges Verweilen und Verzögern für Roberta; vom ersten Ton an legte sie alles hinein, was sie hatte, als wäre ihr Atem nur dazu da, geradewegs durch das schwarzsilberne Horn zu strömen und unsere Seelen zu packen wie ein wilder, böiger Wind. Giovanna stand ihr in nichts nach. Die in sich ruhende, stille Lehrerin aus der Bibliothek, der Käfer mit Brille, existierte nicht mehr. Ihr Arm mit dem Bogen bewegte sich wie ein Automat, aber die Töne waren menschlich – herzzerreißend, köstlich, entrückt.

Der Himmel über uns griff die elektrische Spannung der Musizierenden auf und warf sie in den geheimnisgeladenen Wolken umher. Die Klezmer-Musik schlug Purzelbäume auf der Straße, polterte die Steinmauer hinauf, erklomm sie und stürzte sich kopfüber in den Kanal. Nicky war gebannt. Fast so sehr wie selber zu spielen liebte sie es, andere spielen zu hören. Korkenzieherlocken stahlen sich aus der kanadischen Armeemütze. Mit einer Hand aß sie Shrimps, mit der anderen trommelte sie auf den Tisch.

Als wir ankamen, war Francesca nicht da, aber nach ein paar Stücken sah ich sie auf der Brücke stehen, die zum Campo del Ghetto führte. Ihr Haar lag in Flechten um den Kopf und sie sah so lieblich aus wie eine Lilie mit roten Blattspitzen. Ich konnte nicht anders – obwohl ich sah, dass sie verzaubert von der Musik ihrer Liebsten über dem Brückengeländer lehnte, ging ich zu ihr.

»Guten Abend, Cassandra«, begrüßte sie mich glückstrahlend. In ihrem Alter genügte es schon, die Arbeit des Tages hinter sich und die Träume der Nacht vor sich zu haben. »Im Laden war nichts los. Ich konnte an meiner Geschichte arbeiten.« Sie klopfte auf ihre Jackentasche, aus der ein paar Seiten hervorschauten. »Ich bin gespannt, ob sie Ihnen gefallen wird.«

Ich wollte am liebsten sagen, ja, natürlich, wenn du sie geschrieben hast, werde ich hingerissen sein. Das war aber nicht sicher, nicht mal wahrscheinlich. Man konnte eine Frau lieben und doch schrecklich finden, was sie schrieb. Man konnte einen Mann verachten und doch alles, was er schrieb, für pures Gold halten. »Ich würde sie mir gern ansehen«, sagte ich.

»Noch nicht, noch nicht. Aber wenn ich sie je fertig kriege, vielleicht könnten Sie sie ins Englische übersetzen.« Heute Abend flirtete sie beinahe mit mir. Ich führte das eher auf ihr Hochgefühl zurück, ein gutes Kapitel geschrieben zu haben, als auf irgendetwas, das speziell mit mir zu tun hatte. Obwohl ich wünschte, es wäre so.

»Vielleicht«, sagte ich freundlich und fühlte mich wie die weibliche Entsprechung zu onkelhaft. »Ich habe schon so viele Projekte.« Ich zog die zwei lateinamerikanischen Romane aus meiner Tasche. *Liebende und Nonnen* balancierte auf dem Geländer wie ein verfettetes Opferlamm, während *Basho in Lima* so magersüchtig war wie ein asiatischer Heiliger. Die Musik um uns herum hatte so viel mehr Kraft als jedes dieser Bücher. »Ich kann mich nicht entscheiden, welches ich übersetzen soll. Ich mache mir aus beiden nicht viel, warum, weiß ich auch nicht.«

»Was sollte ein Roman haben, damit Sie ihn übersetzen möchten?«, fragte Francesca.

Ich hatte vor, schnell aufzulisten, was ich für die Attribute großer Literatur hielt: mitreißende Lebendigkeit, reine Schönheit der Sprache, Charaktere mit Herz und, jedweder Handlung unterliegend, ein Gefühl für die Erhabenheit und die Scheußlichkeit des Lebens, für seine Sinnlosigkeit und Freude. Aber ich erkannte, dass mir diese Qualitäten nur wichtig waren, wenn ich ein Buch las. Ich konnte fröhlich die grässlichsten Sachen übersetzen, wenn sie mir etwas bedeuteten, wenn sie auf die eine oder andere Weise *meine* waren.

»Ich kann es nicht richtig erklären«, sagte ich, jetzt voller Staunen, wie einfach es war. »Wenn ich ein Buch übersetze, muss es für die Zeit, die ich daran arbeite, *mein* Buch werden. Also ist wohl das, was mich zu einem Buch hinzieht, eine Ahnung davon, dass es meins werden könnte.«

»Aber wie kann das sein?«, fragte Francesca. »Das Buch gehört dem Autor oder der Autorin. Er oder sie hat es geschrieben. Es kann nie das Ihre werden.«

»Nein, da irren Sie sich«, sagte ich. »Es wird meins, während ich daran arbeite. Es wird mein englisches Buch, denn es ist mein Englisch, aus dem es entsteht.«

»Übersetzung ist einfach nur Ersetzen«, sagte Francesca, allerdings etwas unsicher. »Sie finden ein englisches Wort für mein italienisches, das ist alles, oder?«

»Das ist vielleicht das Grundprinzip, ja, aber nicht, wenn es um Literatur geht. Ich muss den Text lesen und das Gefühl haben und dann das Gefühl wiedergeben. Ich kann das Gefühl nicht auf Italienisch haben, ich muss es in der Mitte zwischen beiden Sprachen haben, aber in der Lage sein, es auf Englisch wiederzugeben.«

»Jetzt verstehe ich gar nichts mehr.«

»Sagen Sie auf Italienisch, *ich bin verliebt.*« Sie tat es. »Fühlen Sie es jetzt.« Sie errötete. Ich nahm ihre Hand. »Jetzt sagen Sie, *ich bin verliebt,* auf Englisch.« Sie sagte, *ich bin verliebt,* mit einem bezaubernden Akzent, riss sich dann aber los, ebenso verstört wie geschmeichelt. Ihre Augen ruhten auf Roberta.

»Ich glaube, ich verstehe jetzt etwas besser, worauf Sie hinaus wollen ... mit dem Übersetzen«, sagte sie und stürzte fast im Laufschritt über die Brücke zu den Tischen am Kanal.

Ich betrachtete meine beiden Bücher. Da lag das Problem. Ich hatte das Problem genannt. Keins von beiden war meins; keins von beiden würde je meins werden. So einfach war das. Es war ganz sinnlos, die Frage, welches ich übersetzen sollte, theoretisch zu erörtern. Die Antwort war, keins von beiden.

Ich gab *Liebende und Nonnen* einen kleinen Schubs. Es fiel wie ein Stein und sank ohne einen Laut, kaum merklich. *Basho in Lima* flatterte sehnsüchtig, während es zum Kanal hinuntersegelte. Es sank nicht, sondern ruhte leicht auf der dunklen Wasseroberfläche wie eine Möwe, die ihr Gefieder putzt. Dann wurde es von der Strömung ergriffen und unter der Brücke durchgetragen. Ich eilte auf die andere Seite, um ihm nachzusehen. Es machte eine Reise auf der vom Wind gekräuselten Wasserfläche des Kanals, als hätte es ein Ziel, als wäre es wichtig, die Lagune zu erreichen. Kein Zweifel, das war ein Pilger von einem Buch.

Ich hatte vorgehabt, Nicky Roberta und Giovanna vorzustellen. Ich hatte mir eingebildet, es sei meine Aufgabe, sie alle zusammenzubringen. Aber als die Klezmer-Gruppe eine Pause machte, sprang Nicky auf die Barke. Offenbar hatte sie vergessen, dass sie untergetaucht war, denn sie sagte allen, wer sie war. Mit ihrer weit tragenden Stimme hörte ich sie bis auf die Brücke. Der Bassist kam nicht wieder, und Nicky nahm die zweite Klarinette, die Roberta mitgebracht hatte. Die nächsten Stücke spielten nur die vier Frauen. Ich hatte vergessen, dass Nicky in ihren frühen Studentinnentagen in einer örtlichen Jazzgruppe Klarinette gespielt hatte, da Fagottistinnen in den Unikneipen nicht sehr gefragt waren. Wahrscheinlich war sie eingerostet, aber nicht für meine Ohren. Sie fing die Töne auf, die Roberta ihr zuwarf, und spielte mit ihnen wie ein Kätzchen mit einer Maus. So lange sie konnte, begleitete sie Roberta, dann ließ sie sie ziehen, ein Drachen im Wind. Die Töne flogen auf und verloren sich im Knistern und Zischen des herannahenden Sturms.

»Man könnte meinen«, sagte Anna de Hoog, die plötzlich neben mir auf der Brücke auftauchte, »dass wir einem Konzert der Mädchen aus einem der *ospedali* lauschen.«

»Wenn sie einen Fuß aus der Pietà hätten setzen dürfen«, erwiderte ich. »Wenn sie ins Ghetto hätten kommen dürfen. Wenn die jüdischen Mädchen hätten musizieren dürfen wie die Christinnen. Wenn. Wenn. Wenn.«

Anna lächelte. Sie schien etwas außer Atem. Sie trug immer noch Jeans, dazu eine Tweedjacke, in der ihr Oberkörper breiter wirkte. Und Joggingschuhe. Heute Abend schien sie einsatzbereit. War sie den ganzen Weg hierher gerannt?

»Die Nachricht, die ich bei Marco hinterlassen habe, hast du wohl bekommen«, sagte ich. »Ich wollte dich fragen ...«

»Schhhh ...«, machte sie und nahm meinen Arm. »Verdirb nicht die Stimmung. Ich werde deine Fragen noch rechtzeitig beantworten. Wenn ich kann.« Der Himmel oben schoss Lichtpfeile ab. Das Gewitter war fast über uns.

»Es ist außergewöhnlich, wenn man drüber nachdenkt«, sagte sie. »Dass Venedig die einzige Stadt der Welt war, der ganzen Menschheitsgeschichte, wo man Frauen nicht nur erlaubte zu musizieren, sondern sie dazu ermunterte. Wo sich sogar ein Kult um sie bildete. Wo Zuhörer aus ganz Europa hinkamen, nur um sie zu hören.«

»Sie spielten, aber sie komponierten nicht«, sagte ich. »Deshalb kennen wir ihre Namen nicht. Wir müssen *die Mädchen* sagen.«

»Ich glaube nicht, dass sie nicht komponiert haben«, sagte Anna. »Es ist wahr, sie wurden nicht angestellt, um Musik zu schreiben, aber ich bin überzeugt, dass einige von ihnen komponiert haben. Man hört nicht auf zu tun, wozu man bestimmt ist, bloß weil es einem jemand verbietet.«

»Das ist eine optimistische Geschichtsauffassung.«

»Es ist eine alternative Auffassung. Sie misst dem Rebellen größeren Wert bei als dem allgemeinen Trend.«

Nach und nach hatte sie mich von der Brücke weg auf den Campo des Ghettos geführt. Hier war die Musik schwächer, der Donner lauter. Wir begannen eine Wanderung um den Platz.

»Rebellen erschaffen kein Œuvre«, sagte ich. »Ausgesonderte und unterdrückte Menschen hinterlassen keine Aufzeichnungen, und wenn doch, dann werden die Aufzeichnungen zerstört.«

»In der Geschichte geht es um Verlieren und Wiederfinden und darum, zu wissen, wo man suchen muss«, sagte Anna. »Hildegard von Bingen war viele Jahrhunderte lang nur ein Name, aber jetzt werden ihre Werke überall aufgeführt. Selbst Vivaldi war zweihundert Jahre lang verschollen. In den Archiven könnte es durchaus großartige Werke von Komponistinnen geben. Das *Grove Lexikon der Musikerinnen* verzeichnet ein Dutzend venezianischer Musikerinnen, die meisten aus der Pietà.«

Die Gebäude um uns herum hatten in der Gewitternacht etwas Unwirkliches bekommen. Generationen von Juden hatten hier gelebt und waren hier gestorben. Wie konnte Anna so zuversichtlich von Verlieren und Wiederfinden sprechen, wo so viele Leben verloren waren und niemals wieder gefunden würden? Die Sieger sind immer sehr gut darin gewesen, jede Spur derer auszulöschen, die sie vernichtet haben.

Noch nie hatte ich Venedigs eigenartige Mischung aus Einschließung und Offenheit so stark empfunden wie heute Nacht. Der aufgewühlte Himmel war riesig, und die Lagune, in der wir uns niederließen, war fast ebenso weit. Aber die Stadt war in sich verschachtelt und verdreht wie ein zerknüllter Katalog uralter, jetzt unlesbarer Lehrsätze, voller Lufttaschen.

Wir standen an einer gegen den Himmel offenen Stelle, während um uns herum Bedeutung – abwechselnd erkannt, verworfen und wieder entdeckt – sich vervielfältigte wie Ziegel von eingestürzten und wieder aufgebauten Häusern.

Anna legte vorsichtig den Arm um mich, schob aber meine Hand sanft von ihrer Schulter, als wollte sie eine Wunde schützen. »Für mich«, sagte sie, »ist natürlich die Jagd das Aufregendste. Ich finde das, was ich suche, nicht gern allzu leicht.«

Fast hätte ich gesagt: »Dann werde ich es dir eben nicht zu leicht machen«, aber dann merkte ich, dass sie überhaupt nicht von mir sprach.

»Als ich dich auf der Brücke entdeckte«, fuhr sie fort, »dachte ich zuerst, es sei Nicola. Mit dem wehenden Haar und dem Cape – das lässt dich größer aussehen, als du bist. Es war ein sehr dramatisches Bild. Dann erkannte ich, dass Nicola in der Band spielte. Ich hoffe, sie ist dort sicher. In mancher Hinsicht wäre es besser gewesen, sie hätte sich weiter versteckt gehalten.«

»Nicky ist einer dieser historischen Fälle, für die Untertauchen eigentlich keine Option ist, jedenfalls nicht für lange.«

In dem Augenblick rauschte der Gewitterregen auf uns nieder, als hätte Jehova selbst einen wassergefüllten Ballon angestochen, um uns Gotteslästerinnen dafür zu strafen, dass wir seine alte männliche Weltordnung in Frage stellten. Donner rollte in Wellen heran und Blitze zerfetzten den Himmel. Aber selbst durch den Radau des Wetters konnte man noch Schreie vom Kai her hören, wo die Barke vertäut war.

Anna ließ augenblicklich meine Taille los und rannte den Weg zurück, den wir gekommen waren. Sie hielt sich beim Rennen die Brust, und ich erkannte mit Schrecken, dass sie wahrscheinlich ein Schulterhalfter trug.

Was erwartete sie? War Nicky wirklich in Gefahr? So schnell ich konnte, rannte ich hinter Anna her. Ich spürte, wie meine Hüfte, der es zwischenzeitlich viel besser ging, sich bitterlich beschwerte.

Als ich die Brücke erreichte, sah ich, dass das Boot von seiner Halterung losgebunden oder losgeschnitten war und dass ein paar Leute sich abmühten, es festzuhalten. Davon abgesehen war das Kai leer gefegt, die Menge hatte sich zerstreut, um Unterschlupf zu suchen.

Mit durchweichtem, aber im Wind flatterndem Cape stand ich auf der Brücke wie eine Gestalt aus *Sturmhöhe*. Ich konnte Anna nicht sehen, ich konnte Nicky nicht sehen. Aus dieser Entfernung konnte ich eigentlich überhaupt nichts richtig sehen. Ich stieg die Brückenstufen hinunter und lief, mein Cape fest umklammernd, im Schutz der Häuserreihe den Kai entlang. Der Regen prasselte mit schmerzhaft harten Tropfen auf meine Haut, und das kübelweise. Ich kam mir vor, als wäre ich bei Dreharbeiten zu *Sturmhöhe* und könnte einer außer Kontrolle geratenen Regenmaschine nicht entrinnen. Jetzt die Nahaufnahme meines im Wind wehenden Capes, meines tränenverschmierten, vom Verlust gezeichneten Gesichts: *Catherine!*

Als ich an einem Hauseingang vorbeikam, zog mich jemand hinein. Es war nicht Anna, und ich wurde nicht am Arm hineingezogen, sondern am Hals, mit einem weichen Stoffstreifen, der sich als Schlips entpuppte.

Sechzehn

Es ist nicht angenehm, gewürgt zu werden, selbst von etwas so Harmlosem wie einem Schlips. Besonders nachts bei strömendem Regen. Niemand konnte mich in dem Eingang sehen, niemand konnte mir helfen, nur ich selbst. Ich warf die Arme nach hinten und versuchte, die Person in meinem Rücken zu packen; ich versuchte, nach hinten zu treten; ich versuchte, einen Laut von mir zu geben, irgendeinen Laut.

Nicht mal ein Flüstern kam heraus. Ich spürte, wie mir die Augen aus dem Kopf quollen, wie mein Haar sich zu noch dichteren Locken kringelte. Das schwarze Samtcape wurde noch schwerer. Alles war still, bis auf den Regen.

Meine Knie gaben nach und ich dachte, ich würde das Bewusstsein verlieren, aber es lag daran, dass die Hände des Würgers von noch stärkeren Händen gewaltsam von meinem Hals entfernt wurden. Als er losließ, gab es nichts mehr, das mich auf den Beinen hielt.

Es gab keine Kämpfe der Faust- und Messer-Sorte, nur Grunzen und Scharren. Mein Möchtegern-Mörder schoss in das schwarze Rauschen davon, und ich wandte mich zu Anna de Hoog um.

Ein paar Sekunden lang konnte ich nicht sprechen und ihr danken, dann sagte ich: »Wie gut, dass du nicht mehr diesen Rock, sondern Jeans anhast.«

»Ach, im Rock kann ich das genauso gut«, sagte sie unerschütterlich. »Ich habe den schwarzen Karategürtel. Hast du gesehen, wer es war?«

»Nein. Er oder sie war hinter mir.«

»Ich glaube, es war ein Er. Nicht übermäßig groß. Jung. Drahtig.«

»Marco?«, sagte ich. »Aber der sollte doch bei Frigga sein.«

»Wir dürfen nicht davon ausgehen, dass es jemand war, den wir kennen. Es kann auch ein unpersönlicher Raubüberfall gewesen sein.«

Ich betastete meinen Hals. »So unpersönlich ist es mir nicht vorgekommen.«

»Weißt du denn, warum jemand versuchen sollte, dir etwas anzutun? Meinst du, er könnte dich für jemand anders gehalten haben, für Nicola zum Beispiel?«

»Ich weiß nicht.« Vor lauter Donner am Himmel und Regengeprassel auf den Steinen konnte ich mich kaum denken hören. Es zischte in den Kanal wie winzige heiße Glasmurmeln. Die Barke, jetzt leer und wieder am Dock befestigt, hüpfte in elender Verlassenheit auf und ab; das Publikum hatte sich zerstreut. Die auf den Tischen am Kai zurückgelassenen Teller und Weingläser waren so gespenstisch wie die Überbleibsel eines Unterwasserbanketts. Die Gläser füllten sich mit Regen.

»Wollen wir uns einen ruhigeren Ort zum Reden suchen?«, sagte Anna. Bestens vorbereitet zerrte sie einen winzig zusammengefalteten Plastikponcho heraus und zog ihn mir fürsorglich über den Kopf. Das gab ihren Fingern Gelegenheit, auf die Schnelle meinen Hals zu untersuchen. Zufrieden entfaltete sie ihren eigenen Poncho und führte mich Richtung Bahnhof in eine kleine Bar. Mitten im Touristenrummel gelegen, schien sie wenig anspruchsvoll zu sein. Wir trugen unsere Drinks, einen Jamison's für mich und ein belgisches Bier für Anna, an einen der beiden Tische im Hintergrund.

Der Whisky tat meinem Hals gut, machte aber die jüngsten Ereignisse nicht verständlicher. Anna nippte nachdenklich an ihrem Bier. Sie war keine Schönheit, aber ich wusste nicht, warum ich sie je für langweilig gehalten hatte. Sie hatte kluge Augen, und ihr Mund war entschlossen und sinnlich. Die Jacke zog sie nicht aus.

»Anna«, sagte ich. »Wer bist du eigentlich? Für wen arbeitest du?«

Sie musste gemerkt haben, dass ich ihr die alte Geschichte von der Oboespielerin nicht länger abnehmen würde. »Ich fürchte, das ist ziemlich kompliziert«, sagte sie.

»Versuch's.«

»Noch nicht, Cassandra.«

»Vertraust du mir nicht?«

»In meiner Branche ist Vertrauen kein häufig benutztes Wort. Ich mag dich, Cassandra. Sehr sogar. Aber ich hatte von Anfang an den Verdacht, du würdest eine Komplikation darstellen.«

»Hast du mich deswegen in London angerufen und gesagt, es bestünde kein Grund für mich, nach Venedig zu kommen?«

Sie lächelte nur.

»Aber wenn Albert und ich nicht gewesen wären, hätte man das Fagott nicht gefunden.«

»Albert hat es also noch?«, murmelte sie.

»Sozusagen.« Ich presste die Lippen zusammen. Anna hatte meinen Arm sanft gestreichelt. Nein, es würde mehr dazu gehören, mich zum Plaudern zu bringen.

Ich sagte noch: »Ich weiß immer noch nicht, wer es eigentlich gestohlen hat.«

Anna nahm noch einen kleinen Schluck Bier. »Ich denke, das kann ich dir verraten«, sagte sie. »Es wird wohl nichts schaden. Es war Bitten.«

»Also war es kein Versicherungsbetrug von Sandretti«, sagte ich. »Wie hast du aus Bitten die Wahrheit herausbekommen?«

»Ich beschloss, Andrew und Bitten in eine ungewohnte Umgebung zu bringen«, sagte sie. »Um sie zu knacken. Ich meine, ihre Alibis zu knacken, wie man sagt.«

Sie hatte den Druck auf meinen Arm verstärkt. Ihre Knack-Techniken waren mir nur allzu vertraut. Selbst jetzt zeigten sie Wirkung.

»Ich habe sie überredet, mit mir einen Ausflug zur Friedhofsinsel zu machen, um die Gräber von Strawinski und Wagner zu besuchen. Dann nahm ich Andrew beiseite, um mit ihm allein über Holzblastechniken zu diskutieren.«

»Dann muss Andrew dir dein Oboenspiel verziehen haben«, bemerkte ich.

»Lob, insbesondere aufrichtiges Lob, ist oft sehr nützlich. Ich habe Andrew gegenüber offen eingestanden, dass ich in einer Gruppe solch hervorragender Musiker fehl am Platze war. Ihn wollte ich dabei ganz besonders herausstellen, als den besten Fagottisten von allen. Musikalisch hatte ich viel von ihm zu lernen und von seinem Stipendium war ich fasziniert.«

»Und er glaubte dir jedes Wort.«

»Warum auch nicht? Es passte zu dem, was er von sich glaubt – was er gern von sich glauben würde.«

»Lass mich raten, dann hast du das Gespräch ganz vorsichtig auf den Abend von Gunthers Tod gelenkt und ihn dazu gekriegt, dir zu sagen, was er von dem Streit zwischen Gunther und Bitten mitbekommen hat.«

»An logischem Denkvermögen mangelt es dir nicht, Cassandra Reilly.«

»Na? Worüber haben sie gestritten?«

»Über das Fagott natürlich. Gunther war zu dem Schluss gekommen, dass Bitten es genommen hatte, und drängte sie, das zuzugeben und zuzugeben, dass sie es in Alberts Besitz wieder erkannt hatte. Als Andrew und Marco dazukamen, standen sie in der Nähe des Schifffahrtsmuseums. Bitten sagte gerade: ›Ich werde nicht sagen, dass ich es genommen habe. Ich wollte es ja gar nicht. Sie hat mich bloß so wütend gemacht. Ich dachte nicht, dass es sich so entwickeln würde.‹ Aber Gunther hatte kein Mitleid, war nur erregt und enttäuscht, und als er Marco und Andrew sah, drehte er sich einfach um und ging weg. Dann rannte Bitten an ihnen vorbei in Richtung Pietà.«

»Sie muss ins Danieli gegangen sein, um zu versuchen, das Fagott aus der Gepäckaufbewahrung zu holen«, sagte ich. »Marco tauchte ein wenig später dort auf. Wie du auch. Ihr alle habt nach dem Fagott gefragt.«

»Und das weißt du woher?«

»Von demjenigen, der das Fagott anfänglich dort deponiert hatte, mit der Anweisung, ihm zu berichten, wer danach fragte.«

»Dein Freund Albert ist ein gescheiter Bursche«, sagte Anna, sah aber ein wenig verärgert aus. »Dass Marco danach gefragt hat, war mir auch nicht klar.«

»Na, ist doch logisch, oder? Marco und Andrew gingen auf einen Drink ins Danieli. Marco machte sich Sorgen wegen des Fagotts. Nach dem, was Albert gesagt hatte, vermutete er das Fagott bei der Gepäckaufbewahrung.«

»Andrew hat mir erzählt, dass er und Marco in der Bar des Danieli waren«, sagte Anna, »aber ich wusste nicht, dass einer von beiden zu irgendeinem Zeitpunkt allein war.«

»Wenn man das allein nennen kann, in so einem großen Hotel mit snobistischen Empfangschefs, die jede Bewegung verfolgen, die du machst«, sagte ich in schmerzlicher Erinnerung an meine Begegnung mit dem Hotelangestellten. »Und überhaupt, wirst du mir verraten, warum Bitten das Fagott genommen und was sie damit angestellt hat?«

»Wirst du mir verraten, wo das Fagott jetzt ist?«, konterte sie.

»Wirst du mir verraten, welche Rolle du in dem Ganzen spielst?«

»Nein«, lächelte sie. Sie schaute auf, und ich dachte, sie würde einen zweiten Drink vorschlagen, was ich, offen gestanden, genossen hätte. »Der Regen scheint nachzulassen. Ich erzähle dir von meinem Gespräch mit Bitten auf dem Weg zum Palazzo.«

»Du willst bei diesem Wetter wieder raus? Es lässt nicht nach. Ich meine, es regnet immer noch heftig.«

»Ja, tut mir Leid, aber ich bin ein bisschen müde, Cassandra.«

Sie kam mir nicht müde vor; eher ungeduldig, als wäre ihr etwas oder jemand im Palazzo eingefallen, das oder den sie unbedingt sehen musste.

Ein wenig mürrisch folgte ich ihr zur nächsten Vaporetto-Haltestelle, und wir fanden Sitzplätze im überdachten Teil des Bootes. Durch die dampfigen Scheiben waren die Paläste am Kanalufer eine verschwommene Lichterreihe. Annas Gesicht spiegelte die besondere feuchte Melancholie Venedigs. Melancholisch, aber romantisch. Ich dachte an die beiden Bücher, die zusammen auf dem Grund eines trüben Kanals lagen. Würden sie einander je finden oder waren sie einfach zu verschieden?

Ich dachte, sie würde jeden Moment flüstern: »Lass uns die Sache vergessen und die Nacht damit verbringen, durch die Straßen und Wasserwege zu streifen. Ich will deine Lebensgeschichte hören, Cassandra, und was dich in diese Stadt am Rande der Adria geführt hat. Ich will mich mit dir austauschen.«

Sie sagte: »Ich habe versprochen, dir von Bitten zu erzählen.«

»Mmm.«

»Nachdem wir Strawinskis Grab gefunden hatten, ging ich ein Weilchen mit ihr allein. Sie wollte nicht über das sprechen, was Gunther zugestoßen war, aber sie wirkte natürlich sehr traurig, angesichts des Friedhofs. Das nutzte ich aus, muss man wohl sagen, und brachte das Gespräch immer wieder darauf, wie die ganze Sache angefangen hatte. Auf diese Weise erfuhr ich, dass sie Olivia Wulfs Enkelin zu sein glaubt. Ich hörte von ihrem Konflikt mit Nicola. Ich hörte von ihrer Abneigung gegen Nicola. Von da war es nur noch ein kurzer Schritt zu der Andeutung, mitfühlend selbstverständlich, dass vielleicht sie das Fagott genommen hatte, um Miss Gibbons zu strafen. Zuerst leugnete sie das, aber nachdem Andrew zu uns gestoßen war, musste sie gestehen. Er sagte zu Bitten: ›Hör mal, ich habe Anna erzählt, was ich von deinem Streit mit Gunther mitbekommen habe. Du hast ihm gestanden, dass du das Fagott genommen hast. Jetzt ist die Gelegenheit, das in Ordnung zu bringen.‹ Kanadier sind so schrecklich ehrlich, findest du nicht?«

»Kann sein«, sagte ich.

»Jedenfalls gab Bitten schließlich zu, sie habe sich so über Nicola geärgert, dass sie einfach in ihr Zimmer ging und das Fagott nahm, als Nicola an dem Nachmittag ein Nickerchen machte. Im Gegensatz zu dem, was Nicola allen erzählte, war das Zimmer nicht abgeschlossen. Oder jedenfalls nicht mit einem Schlüssel.«

»Was hat Bitten dann mit dem Fagott gemacht? Sie hatten an dem Abend ein Konzert, und sie wusste, Nicky würde den Diebstahl sehr schnell bemerken.«

»Darüber hatte sich Bitten keine richtigen Gedanken gemacht. Zuerst ging sie zum Bahnhof, um es in ein Schließfach zu tun, aber wie sich herausstellte, passte das Fagott nicht hinein. Ein so merkwürdig geformtes Päckchen in der Gepäckaufbewahrung abzugeben hätte dazu geführt, dass man sie später wieder erkannte. Sie fühlte sich sowieso schon ungemütlich auffällig. Sie fürchtete, jemand könnte es für ein Gewehr halten. Sie wollte es weder verkaufen noch zerstören. Sie wollte nur Nicola in Schwierigkeiten bringen. Bitten sagte mir, sie hätte sogar davon geträumt, Nicola zu Hilfe zu eilen, die ihr dann dankbar sein würde und nicht mehr so feindselig.«

»Träum weiter«, sagte ich. »Aber ich verstehe allmählich. Sie geriet in Panik. Sie hatte nicht viel Zeit.«

»Genau. Sie wollte zurück sein, ehe Nicky das Fehlen des Fagotts entdecken würde. Schließlich beging sie eine Verzweiflungstat. Sie fand eine unbewachte Gondel und legte das Fagott unter den Sitz. Sie stellte sich vor, der Gondoliere würde zurückkommen, es finden und bei einer Art Fundbüro abgeben. In Schweden wäre das so gelaufen.«

»Aber tatsächlich hat der Gondoliere es gefunden und seinem Bruder gegeben, der ein Antiquitätengeschäft hat, und so konnte Alberts Freundin Graciela es für ihn aufspüren.«

Wir näherten uns der Haltestelle Accademia. Ich fragte: »Aber warum hat Sandretti behauptet, er erkenne es nicht wieder? Und warum haben Marco und Bitten das bestätigt?«

Mit den Vertraulichkeiten war es vorbei. »Das Wichtigste ist«, sagte Anna, »dass das Fagott zurückkommt. Hast du die Adresse von dieser Graciela? Ich muss mit ihr reden.«

»Nicht so eilig, Miss de Hoog«, sagte ich. »Mein oberstes Ziel ist, dafür zu sorgen, dass Nicky aus der Sache herauskommt, ohne dass Ihr Ruf befleckt wird.«

Als das Vaporetto am Dock festmachte, sprang Anna hinaus. Sie schien mehr als ungeduldig, geradezu ängstlich. Ich folgte ihr langsam. »Ich wollte dich längst gefragt haben«, sagte sie ziemlich brüsk. »Bist du invalide?«

»Nein. Ich bin neulich im Südpazifik mit einer Schildkröte aneinander geraten.«

»Ich schlage vor, wir trennen uns hier«, sagte sie abrupt. »Dein Hotel liegt in der Richtung und der Palazzo in dieser.« Sie versetzte mir einen schnellen Puff, den ich nicht deuten konnte, und sauste davon.

Nein, ich würde nicht in mein Hotel gehen, noch nicht. Irgendetwas musste bei den Sandrettis los sein. Aber was, und wie konnte Anna das wissen? Oder wollte sie nur nicht, dass jemand – wer? – uns zusammen sah?

Als ich fünf Minuten nach Anna beim Palazzo ankam, musste ich fast noch einmal so lange warten, bis jemand auf mein Klingeln antwortete. Schließlich kam Bitten an die Tür. Sie trug einen weißen Frotteebademantel, auf dessen einer Brusttasche *Danieli* eingestickt war, und sie war barfuß.

»Was ist passiert?«, fragte ich.

Sie zeigte die Treppe hinauf. »Heute Abend ist eingebrochen worden. In Sandrettis Bibliothek.«

Siebzehn

Grau ist nicht die Farbe, die man auf Anhieb mit Opulenz assoziiert. Als die Tür zur Bibliothek vor ein paar Tagen kurz offen stand, hatte mich der Eindruck verwirrt, dass die Großartigkeit dahinter etwas Bleiernes hatte. Jetzt folgte ich Bitten die Treppe hinauf in den Raum und fand die Erklärung dafür. Decke und Dekoration waren vollständig in *grisaille* ausgeführt, einer Maltechnik in Grautönen, die an die Basreliefs klassischer Skulpturen erinnern soll. Dieses weiche Grau hüllte den ganzen Raum ein wie ein Pelz und verlieh allem, was nicht bemalt war, eine rauchige Note. Zwei Wände waren weitgehend von großen Bücherregalen bedeckt. An der dritten Wand flankierten zwei hohe, mit silberblauem Samt behängte Fenster einen barocken Marmorkamin mit gemeißelten Nymphen, und an der vierten Wand hingen antike Musikinstrumente in Reihen übereinander. Mitten im Zimmer befand sich ein riesiger, frei stehender Globus aus so dunklem Leder, dass die Kontinente im Schatten schwammen. Neben dem Kamin standen schwere Sessel mit rissigen Lederpolstern und Klauenfüßen. In einem dieser Sessel lehnte Andrew im Schlafanzug und sah aus wie ein schläfriger kleiner Junge.

Es gab auch heitere Töne. Das Wandbild über dem Kamin zeigte venezianische Damen in schaumigen Unterröcken in Begleitung erregter Satyren, und die Dekorationen wimmelten von hübschen Mädchen und Cupidos, aber alles in Grau, wie in einem Traum ohne Farbe. Der Teppich unter den Füßen glich einer Schicht blaugrauen Staubs, aber schwere Bücherregale und Möbel drückten auf seine Helligkeit. Am schwersten war der massive geschnitzte Schreibtisch, um den sich Sandretti, Marco und Anna in eigenartiger Intimität versammelt hatten.

Schubladen standen offen, der Inhalt war auf dem Boden verstreut. Die Papiere auf der Platte in Unordnung. Sandretti war im formellen Abendanzug, ein gut aussehender, kämpferischer Mann, der eher zornig als ängstlich wirkte. Marco stand dicht neben ihm, und die große Ähnlichkeit der beiden war gut zu erkennen, obwohl Marcos Gesicht Hilflosigkeit zeigte. Nur Anna sah aus, als wäre sie kompetent genug, mit allem fertig zu werden, was geschehen war, aber ihr Mund war zusammengepresst. Gehörte all dies zu ihrem Plan, oder hatte eine neue Wendung der Ereignisse sie erschreckt? Ich konnte es nicht sagen.

Ich sagte: »Haben Sie die Polizei gerufen?«

Alle drei, Sandretti, Marco und Anna, sagten nein. »Signore Sandretti glaubt nicht, dass etwas aus seinem Schreibtisch fehlt«, sagte Anna knapp.

Sie verließ jetzt den Schreibtisch und näherte sich Andrew. Auf seiner sommersprossigen weißen Haut wirkte der schwarzseidene Schlafanzug überraschend dekadent. »Und niemand hat etwas gehört?«

»Ich war gerade eingeschlafen«, sagte Andrew und schmollte Marco ein wenig an. Klar, er hatte gehofft, im Bett Gesellschaft zu bekommen, aber daraus war nichts geworden.

»Ich war im Bad«, sagte Bitten. »Plötzlich hörte ich Geschrei. Ich stand auf und ging nachsehen. Der Signore brüllte Marco an.«

»Ich bin eingeschlafen«, sagte Marco zerknirscht. »Ich bin in die Bibliothek gegangen, um ein Buch zu lesen, und eingeschlafen. Ich fühle mich sehr schuldig. Mein Vater hat Recht, zornig zu sein.«

Anna sah nicht aus, als ob sie ihm glaubte. Hatte sie, wie ich, die Kratzer um das Schloss gesehen, die auf gewaltsames Eindringen schließen ließen?

Frigga kam in die Bibliothek. »Was ist los?«, fragte sie auf Deutsch.

Anna sagte: »Es ist nichts. Marco ist eingeschlafen, und jemand ist in die Bibliothek gekommen und hat den Schreibtisch durcheinander gebracht.«

Jetzt auf Englisch, sagte Frigga zu Marco: »Ich hatte Sie gebeten, mir warme Milch zu bringen, junger Mann. Aber Sie haben es nicht getan.«

»Wann war das?«, fragte Anna schnell.

Frigga schaute auf ihre Uhr. »Vor mehr als einer Stunde. Ich habe gewartet!«

Was besagte, dass es nicht Marco gewesen sein konnte, der versucht hatte, mich zu erwürgen. Ich warf Anna einen Blick zu, aber sie ignorierte mich. Sie starrte die Wand mit den Musikinstrumenten an.

»Es tut mir Leid«, sagte Marco. »Ich hatte es vor. Aber ich bin eingeschlafen.«

Sandretti, der die ganze Zeit nichts gesagt hatte, brach jetzt in Beschimpfungen seines Sohnes aus.

»Das Wichtigste ist doch«, sagte Andrew im Versuch zu vermitteln, »dass nichts gestohlen wurde.«

Aber Anna betrachtete die Reihen von Instrumenten an der Wand über dem Schreibtisch. »Als ich das letzte Mal hier war«, sagte sie im Gesprächston, »hingen zwei Violinen in der mittleren Reihe. Aber jetzt, glaube ich, ist nur noch eine da.«

Sandretti ohrfeigte seinen Sohn und Marco krümmte sich.

Andrew sprang auf, aber Bitten hielt ihn zurück.

Frigga sah verwirrt aus und Anna nachdenklich.

Ich für meinen Teil wollte wissen, woher Bitten den Bademantel hatte.

»Wir werden das Haus durchsuchen«, sagte Sandretti.

»Morgen früh ist noch Zeit genug, die Polizei zu rufen und den Diebstahl zu melden«, sagte Anna leise zu Sandretti. Und dann zu uns anderen: »Es ist nach Mitternacht. Was mich betrifft, so gehe ich zu Bett.« Sie sah mich nicht an, als sie an mir vorbeikam. Ihr Hinausgehen schien die Dramatik aus dem Raum zu saugen, und die anderen murmelten, sie wollten auch auf ihre Zimmer gehen und sich morgen mit der Sache befassen. Marco ging als Erster, auf der Flucht vor seinem Vater, und Andrew ging ihm nach. Bitten wandte sich an Frigga und schien sie zum ersten Mal so zu sehen, wie sie war, eine gebrechliche Gestalt in einem fremden Land. Sie nahm Friggas Arm und führte sie langsam aus der Bibliothek.

Zurück blieb nur Sandretti am Schreibtisch, der, den Kopf in die Hände gestützt, keine Anstalten machte, das Durcheinander zu beseitigen. Er tat mir Leid, und doch war etwas Ausgeklügeltes und Theatralisches an dem Vorfall, das mich beunruhigte.

Ich kehrte in mein Hotel zurück und schwor mir, von dieser ganzen Geschichte die Finger zu lassen.

Als ich am nächsten Morgen erwachte, griff ich automatisch nach *Liebende und Nonnen*, aber es war nicht da. Ich erinnerte mich wieder, wie schnell es gesunken war, wie eine der Hexerei Angeklagte während der Inquisition. Ich fühlte mich verloren, aber auch frei. Frei, hier in meinem weichen Hotelbett zu liegen und in Ruhe dem Regen zu lauschen, der schwer gegen die Fenster schlug. Ich musste mich nicht bewegen, ich konnte mir das Frühstück ans Bett bestellen.

Ich musste nicht lesen, ich konnte einfach daliegen und mir die letzten hundert Seiten des venezolanischen Romans ausdenken.

Lourdes würde zur Schwester Oberin des Ordens aufsteigen und eine Schutzheilige der Armen und der Hellseher werden (die Autorin hatte es deutlich darauf angelegt, sie in die Irrenanstalt zu bringen, aber das kam für mich nicht in Frage).

Mercedes würde ein großartiges feministisches Traktat schreiben, das zu ihrer Exkommunikation führte. Sie würde nach Paris fliehen, wo sie ihre verbleibenden Jahre damit verbrachte, die Salons der Madame de Staël zu besuchen und sich vielleicht mit Mary Wollstonecraft anzufreunden. (Statt eine merkwürdige, verbitterte, einsiedlerische alte Jungfer zu werden).

Ich hatte den Verdacht, die Autorin plante, sowohl Maria als auch Isabella zu verheiraten. Prima – lassen wir doch Marias Stallburschen das Feuer überleben. Dann könnten er und Maria sich in mittleren Jahren in der Technicolor-Pampa wieder finden. Aber Isabella – wer war gut genug für sie? Vielleicht die älteste Tochter der benachbarten Hacienda. Lassen wir sie miteinander das Glück finden, ihre Besitzungen vereinen und eine Schule für die Kinder ihrer Arbeiter gründen.

Ich sonnte mich in der alternativen Zukunft, die ich diesen erfundenen Charakteren gerade geschenkt hatte. Damit gab ich ihnen etwas Besseres, diesen armen Sklavinnen der Fiktion, die sonst in Handschellen und Fußfesseln unter bewaffneter Aufsicht einen Gewaltmarsch über die staubigen Straßen der kraftlosen Phantasie der Autorin machen mussten.

Ich sonnte mich, und dann seufzte ich. Ich stand auf und holte den Stapel Romane der zweiten Garnitur ans Bett, die anderen drei Bücher, die ich für Simon durchsehen sollte. Wenn ich nicht den ganzen Winter auf Nickys Gastfreundschaft angewiesen sein wollte, würde ich etwas zum Übersetzen finden müssen, das ich zu übersetzen verkraften konnte und das mehr Druck als weiße Stellen aufwies, anders als der arme *Basho in Lima*.

Aber ehe ich noch weiter forschen konnte, klopfte es an der Tür. Hastig zog ich ein Paar schwarze Jeans an und ging aufschließen, in der Annahme, Anna de Hoog hätte vielleicht einen Sinneswandel durchgemacht und wäre bereit mir zu sagen, für wen sie arbeitete und warum.

Es war Roberta, in einem schweren Regenmantel, hohen grünen Gummistiefeln und mit einer großen Plastiktüte in der

Hand. Bis dahin hatte ich gar nicht gemerkt, wie heftig es regnete.

»Das Wasser steigt«, sagte Roberta, warf ihren Regenmantel ab und schüttelte ihren schwarzen Lockenkopf. »Es ist das *aqua alta*, Hochwasser. Noch eine Stunde und viele niedrig gelegene Durchgänge werden überflutet und schwer passierbar sein.«

Gerade als sie ihre Stiefel auszog, klopfte es wieder. Wer denn jetzt? Aber es war nur das Zimmermädchen mit Kaffee und Cornetti.

»Ich war so frei, Frühstück zu bestellen«, sagte Roberta. »Ich muss Ihnen etwas zeigen.« Sie zog ein in Papier gewickeltes Päckchen aus ihrer Tragetüte und begann, es auszuwickeln.

»Sie haben das Konzert gestern Abend sehr plötzlich verlassen«, sagte ich. »Der Regen setzte ein, die Barke trieb ab und Sie waren nirgends zu sehen.« Fast hätte ich hinzugefügt, »und jemand hat versucht, mich zu erwürgen«, aber ich wollte nicht melodramatisch wirken. Es konnte sich schließlich um einen redlichen Irrtum handeln.

»Ich habe meinen Bruder beim Konzert gesehen, und ich wusste, wenn er da war, konnte ich ins Haus meines Vaters kommen.«

»Ihren Bruder?«, sagte ich und verschluckte mich an meinem Kaffee. »Ihr Bruder war bei dem Konzert? Aber Frigga sagt, sie hat ihn im Palazzo gesehen, sie hat ihn gebeten, ihr ein Glas Milch zu bringen, und *er* sagt, er hat den ganzen Einbruch verschlafen.«

Als Roberta das Paket ganz ausgewickelt hatte, erkannte ich plötzlich, dass ich ihr nicht erst zu erzählen brauchte, ihres Vater Bibliothek sei ausgeraubt worden.

Da lag der Beweis, in Gestalt zweier ledergebundener Folianten ganz ähnlich denen, die wir gestern im Konservatorium gesehen hatten. Anstelle des Namens Anna-Maria stand hier in Golddruck Vittoria Brunelli.

»Vittoria Brunelli ist ein Name der mütterlichen Seite der Familie«, erklärte Roberta aufgeregt. »Ich denke, das Fagott hat einst ihr gehört. Wenn wir in den Aufzeichnungen der Pietà zurückblättern, werden wir wahrscheinlich erfahren, dass sie zu den *figlie del coro* gehörte. Aber sehen Sie mal!« Sie schlug einen der Bände auf. »Das ist Vivaldi, glaube ich, die Partituren für seine Fagottkonzerte. Aber in dem anderen Buch ist Musik, die ich nicht als Vivaldis erkenne. Natürlich könnte es irgendein anderer Komponist sein, aber was, wenn es ihre eigenen Kompositionen sind? Ich glaube es fast, wegen dem hier.«

Roberta nahm einen zweimal gefalteten Brief hinten aus dem Buch.

»Er scheint an ein Familienmitglied gerichtet zu sein, wahrscheinlich an einen Bruder oder eine Schwester, nach der Anrede zu urteilen. Er ist auf 1746 datiert, und sie schreibt aus der Pietà. Sie spricht von verschiedenen Aufführungen der letzten Zeit und dass wenigstens bei einer eins ihrer eigenen Konzerte gespielt wurde. Dann kommt dies –« Roberta las laut vor:

»Das Fagottkonzert war in meiner eigenen Handschrift und heimlich geschrieben. Du musst verstehen, dass es anders nicht ging. Sie würden mich nicht ernst nehmen; sie würden mir niemals erlauben zu komponieren, jetzt, wo er fort ist. Die Musik anderer ist für mich wie Worte, die man an mich richtet: Ich muss antworten und den Klang meiner eigenen Stimme hören. Und je öfter ich diese Stimme höre, desto deutlicher erkenne ich, dass die Lieder und Klänge, die mir gehören, anders sind.«

»Aber das ist genau das, wonach Nicky gesucht hat«, rief ich aus. »Glauben Sie, der ›er‹, der fort ist, war Vivaldi? Und denken Sie nur, es war die ganze Zeit in der Bibliothek Ihres Vaters.«

»Ich hätte mir das früher zusammenreimen sollen«, sagte Roberta. »Aber von der Familie meiner Mutter wusste ich nie viel. Meine Mutter starb, als ich acht war. Mein Vater hatte natürlich eine Instrumentensammlung, als ich heranwuchs. Ich weiß noch, dass er immer sagte, mehrere stammten aus den *ospedali*, begriff aber nie, dass sie zur Mitgift meiner Mutter gehörten und dass es noch mehr geben könnte als nur Instrumente. Als ich den ledergebundenen Folianten in der Konservatoriumsbibliothek sah, erinnerte ich mich, was ich noch gesehen und neugierig betrachtet hatte, als ich heranwuchs.«

»Sie haben also nicht seinen Schreibtisch durchwühlt?«

»Den habe ich nicht angerührt! Ich ging direkt zu den Regalen und fand die beiden Bücher genau da, wo ich sie in Erinnerung hatte. Insgesamt hat das nicht länger als zehn Minuten gedauert. Erst als ich nach Hause kam, entdeckte ich den Brief. Vielleicht gibt es in der Bibliothek noch mehr.«

»Hat Sie jemand gesehen?«

»Die alte deutsche Frau steckte ihren Kopf aus der Tür, als ich gehen wollte, und fragte mich etwas auf Deutsch, also nickte ich nur und sagte: ›Si, si, signora.‹«

»Sie dachte, Sie seien Marco und würden ihr Milch bringen, die Arme. Haben Sie beim Gehen die Tür hinter sich abgeschlossen?«

»Nein. Ich hatte sie aufgebrochen und das Schloss kaputtgemacht. Ich hatte immer noch einen Schlüssel zum Haus, aber nicht zur Bibliothek. Als ich klein war, war die Bibliothek nie abgeschlossen.«

»Also muss nach Ihnen noch jemand hereingekommen sein, der etwas anderes suchte. Andrew und Bitten waren vom Friedhof zurück. Anna de Hoog war ausgegangen ... es könnte nicht Frigga gewesen sein?«

Roberta zuckte die Achseln. »Ist irgendwas weggekommen?«

»Ja, eine Violine.«

»Die finanzielle Situation meines Vaters ist sehr schlecht«, sagte sie. »Er hat viele Ausgaben und viele Verpflichtungen, denen er gerecht werden muss. Aber mit der Konzertagentur verdient er, glaube ich, nicht viel. Früher hatte er das Geld meiner Mutter, aber das hat er ausgegeben. Ich vermute, er versucht, sich selbst die Instrumente zu stehlen, um die Versicherungssumme zu kassieren. Erst das Fagott und jetzt die Violine.«

»Aber das Fagott hat er nicht gestohlen«, sagte ich und setzte sie ins Bild. Signore Sandretti war mir, gelinde gesagt, ein Rätsel. Jedes Mal, wenn ich ihn gesehen hatte, schien er äußerst schlechter Laune zu sein, und die richtete sich vorwiegend gegen Marco.

»Mein Vater ist schrecklich aufbrausend«, bestätigte Roberta. »Als wir klein waren, hat er uns oft geschlagen. Als er herausbekam, dass ich Lesbe bin, hat er mich rausgeworfen.«

»Wann war das?«

»Vor etwa fünf Jahren, da war ich zwanzig. Ehrlich gesagt war ich froh darüber. Ich mag meinen Bruder nicht, aber er tut mir auch Leid, weil er mit meinem Vater leben muss. Ich denke, er ist auch schwul. Francescas Mutter ist nicht gerade glücklich über unsere Beziehung, aber sie würde sie niemals vor die Tür setzen. Andererseits, vielleicht wäre es besser. Dann könnten wir zusammen leben. In England und Amerika leben Frauen oft zusammen, oder?«

»Ja«, sagte ich.

»Wie Sie und Ihre Freundin Nicky.«

»Nicky und ich sind Freundinnen«, sagte ich schnell. »Wir sind seit über zwanzig Jahren befreundet. Ihr gehört in London ein Haus, und sie lässt mich darin wohnen.«

»Lässt Sie darin wohnen? Sie teilen es nicht? Will sie das nicht?«

Ich schwieg einen Augenblick. Das war genau das, was Nicky wollte, das Haus mit mir teilen, mehr von ihrem Leben mit mir teilen. Wir waren nie Geliebte gewesen, aber wir waren eine Familie. Ich spürte den dringenden Wunsch, sie jetzt zu sehen, ihr von Bittens Geständnis zu erzählen, ihr von Roberta die Vittoria Brunelli-Kompositionen zeigen zu lassen. Seit gestern

Abend hatte ich sie nicht gesehen. Sie wusste nicht mal, dass jemand versucht hatte, mich zu erwürgen.

»Ich weiß, dass sie das hier gern sehen würde«, wechselte ich das Thema. »Gehen wir.«

»Wenn Sie keine Stiefel haben«, sagte Roberta, »sollten Sie sich vielleicht ein paar Plastiktüten um die Schuhe binden.«

Ich lachte. Mein Modebewusstsein mochte zwar nicht überwältigend sein, aber auf keinen Fall würde ich mit Plastiktüten an den Füßen durch Venedig laufen.

Als wir unten in der Lobby ankamen, änderte ich meine Meinung. Das Wasser fing gerade an, über die Türschwelle auf den Marmorboden der Eingangshalle zu schwappen. Die Hotelleitung hatte sowohl zwei Planken wie auch eine Frau mit Mopp installiert. Die Zattere draußen waren überschwemmt. Es war, als reichte der Giudecca-Kanal bis an die Häuser. Regen rauschte herab; alles verschwamm zu einem grauweißen Schleier.

Ich trat zurück ins Innere und zog die schweren Plastiktüten über, die Roberta mir angeboten hatte. Dann machten wir uns auf den Weg durch die Straßen von Dorsoduro zu Nickys Pension. In einigen Straßen gab es aneinander gelegte Holzplatten wie niedrige Festtafeln. Ein ununterbrochener Strom von Menschen schlängelte sich in zwei Reihen über das Wasser. Ihre Füße machten rumpelnde Geräusche, wie Bühnendonner in einem Provinztheater. Vor der Accademia standen die Touristen, die darauf warteten, die berühmten Gemälde zu sehen, unglücklich zusammengekauert unter Regenschirmen auf den Platten.

In den schmalen Gassen war es noch schlimmer. Hier gab es überhaupt keine Laufplanken. Als wir uns den verwinkelten Durchgängen um die Frari-Kirche näherten, die zu Nickys Pension führten, standen wir oft bis zur halben Wade im Wasser und mussten fast gegen die Strömung kämpfen. Schließlich erreichten wir die Pension und erklommen das trockene Ufer der kleinen Lobby. Oben klopfte ich zweimal.

Keine Antwort, aber drinnen bewegte sich etwas.

»Nicky, ich bin's. Cassandra. Mach auf.«

Flüstern.

Gütiger Himmel, wen hatte sie bei sich? Ich hoffte zu Gott, es war nicht Francesca, sonst würde Nicky ihre Chance, die verwaisten Fagottistinnen auf CD zu bekommen, vollständig ruinieren.

Endlich kam Nicky an die Tür und versuchte, streng zu wirken, sah aber eigentlich ziemlich selbstzufrieden aus.

»Was willst du?«

»Du erinnerst dich doch an Roberta Sandretti?« Bedeutungsvoll hob ich die Augenbrauen, aber Nicky schien nichts zu kapieren. »Hallo, Roberta«, sagte sie, und dann zu mir: »Dies ist kein günstiger Zeitpunkt.«

Eine Frauenstimme murmelte hinter der halb geschlossenen Tür. Mit Entsetzen erinnerte ich mich, Nicky gegenüber nie erwähnt zu haben, dass Roberta und Francesca zusammengehörten.

Ungeduldig drängte Roberta sich ins Zimmer.

Das würde schlimm enden.

»Giovanna!«, sagte Roberta.

Die Violinistin wirkte verlegen, das Laken bis ans Kinn hochgezogen. Aber Roberta lachte nur – überrascht, ja, aber auch erheitert. »Sei nicht so verschämt«, sagte sie. »Ich habe wichtige Neuigkeiten für euch.«

Sie holte die große Plastiktasche hervor und wickelte wieder mit großer Sorgfalt das Päckchen aus, während Nicky mich anfunkelte. Ich ignorierte sie. »Du wolltest eine Fagottistin aus der Pietà«, sagte ich. »Bitte, ich habe dir eine mitgebracht.«

Achtzehn

Ich habe die Eigenheit, einfach zu gehen, wenn mir danach ist. Von allen möglichen Orten und aus allen denkbaren Situationen bin ich hastig und unvermutet abgereist. Nicky ist daran gewöhnt. Als ich mich vom Bett erhob, auf dem die drei begeistert Vittorias Fagottkonzerte studierten und Pläne schmiedeten, wie sie die weiteren Nachforschungen über ihr Leben angehen wollten, und sagte: ›Ich haue ab‹, verstand sie, dass ich damit nicht eine Stippvisite im Dogenpalast meinte, sondern dass ich beschlossen hatte, nach London zurückzukehren.

»Cassandra«, sagte Nicky fröhlich, »du verstehst sicher, dass ich noch etwas bleiben möchte, ja? Ich denke, alles wird sich aufklären, aber es besteht kein Grund, mich jetzt den Carabinieri in die Arme zu werfen, besonders solange es andere Arme gibt, in denen ich willkommen bin. Außerdem habe ich noch viel mit Nachforschungen zu tun.« Sie drückte Giovannas noch immer nackte Schulter. »Und jetzt habe ich eine Expertin, die mir dabei hilft.«

»Bis später dann«, sagte ich lächelnd, ohne Roberta und Giovanna gegenüber anzudeuten, dass ich plante, das Land mit dem ersten Flieger, der einen Platz frei hatte, zu verlassen. Ich hasse Abschiede; außerdem hatte ich so ein komisches Gefühl, als würde ich sowohl Roberta wie Giovanna in London wieder sehen, wo sie zweifellos bei uns wohnen würden, um über die berühmte CD zu beraten. Ehe ich ging, nahm ich meine Mütze und meine Bomberjacke an mich.

Es war erst zehn, noch Zeit, aus meinem Hotelzimmer auszuziehen. Ich platschte durch die Strassen zurück. Stellenweise war nur schwer voranzukommen, aber ich fühlte mich eigenartig angeregt, wie immer, wenn ich auf dem Sprung bin. Schon wahr, ein paar wichtige Fragen blieben unbeantwortet. Wer hatte Gunther getötet? Und wo wir einmal dabei waren, wer hatte versucht, mich zu töten?

Andererseits war ich, dank des glücklichen Zufalls, Albert zu treffen, und durch die Hilfe der in ihren Motiven undurchschaubaren Anna de Hoog zu dem Instrument (sozusagen) geworden, das Nicky vom Verdacht des Fagott-Diebstahls befreite. Wer gestern Abend die Geige gestohlen hatte, das kümmerte mich nicht.

Trotzdem dachte ich, während ich hastig meine paar Kleider zusammenpackte und die drei restlichen südamerikanischen Bücher in meine Tasche steckte, es gäbe noch ein paar Kleinigkeiten, die ich gern aufklären wollte. Ich würde auf dem Weg zur Vaporetto-Haltestelle einfach am Palazzo vorbeischauen.

Diesmal kam Sandretti selbst an die Tür. Er war offensichtlich im Begriff gewesen, in aller Eile das Haus zu verlassen, und schien verblüfft, mich zu sehen. Er sagte, dass Bitten seines Wissens übte und Frigga eben von einem letzten Besuch bei der Polizei zurückgekehrt sei. Am Nachmittag würde sie mit Gunthers Leiche nach Deutschland zurückfliegen. Sein ganzes Benehmen gab mir zu verstehen, ich solle verschwinden, und zwar so bald wie möglich.

Diese Nervosität machte mich nur neugierig, und ich arbeitete mich vorsichtig um seinen soliden Körper herum ins Foyer, um zu zeigen, dass ich so leicht nicht loszuwerden war.

»Ich bin selbst gerade auf dem Weg zum Flughafen«, sagte ich, »und wollte mich von allen verabschieden. Natürlich weiß ich, dass Nicky nicht da ist – was wohl mit ihr passiert ist? –, aber wie steht's mit Marco und Andrew?«

»Mr. McManus zieht heute Morgen an seinen festen Wohnsitz um. Mein Sohn hilft ihm.« Sandretti wandte die Augen ab. Ich fragte mich, was das zu bedeuten hatte. Es konnte doch nicht sein, dass Marco endlich zu Hause auszog, oder? Besonders nicht in Gesellschaft von Andrew?

»Nun, dann gehe ich nur schnell rauf und sage Frau Hausen auf Wiedersehen«, sagte ich und drängte mich an ihm vorbei Richtung Treppe. Ich weigerte mich, nach Anna de Hoog zu fragen. Sie hatte es kaum bemerkt, als ich gestern Abend den Palazzo verließ.

Schnell stieg ich die Treppe hinauf und klopfte an Friggas Tür. Durch das *piano nobile* hindurch konnte ich Bitten wieder das traurige Adagio spielen hören.

Mit dem Rücken zur Tür saß Frigga auf dem Bett, angetan mit ihrem Chanelkostüm, Hut und Handschuhen. Ein dunkler Regenmantel lag halb zusammengefaltet neben ihr. Sie war klein und alt und in tiefem Schmerz.

So vorsichtig ich konnte, setzte ich mich neben sie. »Frau Hausen, entschuldigen Sie, dass ich Sie störe, aber wie hieß Ihr Schwiegersohn?«

»Jakob«, antwortete sie nach einer kurzen Pause. »Jakob Wulf.«

»Wussten Sie, dass seine Mutter eine sehr berühmte Musikerin war, die vor dem Krieg von Österreich nach London floh?«

»Meine Tochter hat so etwas erwähnt. Aber sie sagte, er und seine Mutter hätten einen schrecklichen Streit gehabt. Seine Mutter mochte das Mädchen nicht, das Jakob heiraten wollte.«

»Nicht Ihre Tochter?«

»Nein, ein anderes Mädchen. Ihren Namen weiß ich nicht. Aber sie hatte Angst, als der Krieg ausbrach. Sie und ihre Mutter gingen nach Schweden, wo sie Freunde hatten.«

»Und Jakob heiratete stattdessen Ihre Tochter Anna ...« Jetzt war klar, was mich an der Biografie des Dirigenten so stutzig gemacht hatte. Er hatte Elisabeth Jakobs Verlobte genannt, nicht seine Frau. Die Schlussfolgerung hatte nahe gelegen, dass sie dann auch geheiratet hatten. »Haben Sie zufällig ein Foto von Jakob, Frau Hausen?«

»Nein«, sagte sie. »Nicht hier. Zu Hause. Warum?«

»Es ist eine lange Geschichte, aber Bittens Mutter ist vor kurzem in Schweden gestorben. Bitten hatte einigen Grund zu glauben, dass ihre Mutter Elisabeth Jakob und seine Mutter Olivia Wulf kannte. Und dass sie, Bitten, Jakobs Tochter war. Ich habe versucht, Sinn in die Geschichte zu bringen.« Es war eine Erleichterung, Bitten nicht sagen zu müssen, dass sie Gunthers Tante war.

»Sie sagt, sie hat ihn geliebt«, sagte Frigga langsam. »Wie kann man sich so schnell verlieben? Er hätte es mir gesagt, nicht wahr? Er war mein kleiner Junge. Mein letzter.«

Sie weinte nicht; sie saß sehr still mit dem Gesicht zum Fenster.

Ich ging weiter zu Bittens Zimmer. Abgesehen von ihren gedämpften Tönen war das Haus vollkommen still. Ich erinnerte mich, wie Nicky gesagt hatte, das Fagott sei für musikalische Szenen in der Unterwelt benutzt worden. Ich zögerte, ehe ich klopfte. Sollte ich diejenige sein, die Bitten sagte, dass ihre Mutter nur Jakobs Verlobte gewesen war, nicht seine Frau? Dass sie keinen Anspruch auf Olivias Namen oder Besitz hatte? Nicky würde Eigentümerin ihres Hauses in Hampstead bleiben.

Vor allem würde Nicky nicht das Gefühl verlieren, dass sie, und sie allein, von Olivia geliebt wurde, ihr Adoptivkind. Dass Olivia einen Urenkel gehabt hatte, der jetzt auch tot war, war eine Quelle der Traurigkeit. Aber am traurigsten machte mich die Geschichte von Ruth, der talentierten Geigerin, die sich selbst zerstört hatte. Nein, Geschichte war nicht optimistisch. Geschichte war nicht gütig.

Die Musik durchdrang meine Seele wie eine süße Klinge. Jeder nachhallende Takt schnitt durch die Idiotie des Lebens, seine Ironie, seine Tragik, bis hinunter zur darunter liegenden Freude. Bitten war gesegnet, dass sie solche Musik spielen konnte. Trotzdem machte sie das nicht zu einer Frau, die ich besonders mögen konnte.

Sie war nicht angezogen, sondern trug den Frotteebademantel. Ich sagte, ich reiste jetzt ab und sei nur gekommen, Lebewohl zu sagen.

»Ich fahre auch ab«, sagte sie. »Ich habe heute Abend einen Flug nach Stockholm. Morgen spiele ich in einem Konzert. Das ist gut. Ich muss wieder anfangen zu leben. Bitte, sagen Sie Nicola ...« Aber sie sprach nicht weiter; sie wusste nicht, was sie Nicola sagen sollte. Ich hielt den Mund. Wenn Bitten überhaupt irgendwelche Nachforschungen anstellte, würde sie es bald genug erfahren.

Wir schüttelten einander die Hände, und als sie gerade die Tür schließen wollte, fragte ich, als wäre es mir eben eingefallen: »Wieso steht *Danieli* auf Ihrem Bademantel?«

Sie antwortete nicht gleich. »Er ... er gehört nicht mir, es war Gunthers. Er wohnte hier, aber er hatte dort noch ein Zimmer. Wir gingen immer dorthin ... um allein zu sein. Hier hatten wir nicht genug Privatsphäre.«

Bitten schloss die Tür, und Anna kam aus ihrem Zimmer, als wären die beiden Bewegungen miteinander verbunden. Sie hatte einen seltsam wachsamen Blick, der mich zwar wahrnahm, aber irgendwie doch nicht richtig sah. Tatsächlich schubste sie mich, als ich auf sie zukam, schubste mich direkt vor ihr zu Boden, zog ihre Pistole und richtete sie auf die Treppe. Andrew war gerade zur Haustür hereingekommen und pfiff irgendetwas aus den *Vier Jahreszeiten*. Zwei Polizisten in Zivil, ebenfalls bewaffnet, hatten ihm seine Arme auf den Rücken gedreht, ehe er noch mit *Frühling* zu Ende war.

Andrew! Jetzt ergab alles Sinn. Er war es, der Gunther getötet hatte und versucht hatte, mich zu töten. Ich war auf seine verlogenen Beteuerungen homosexueller Solidarität hereingefallen.

Anna rannte nach unten. Es gab ein Gerangel und alle schrien durcheinander, Andrew am lautesten. »Marco«, schrie er. »Lauf weg.«

Aber es war zu spät. Anna de Hoog hatte sich auf jemanden gestürzt, der direkt vor der Tür stand, und hielt ihm mit eisernem Griff die Hände auf den Rücken. Als wir anderen nach draußen kamen, lag er in Handschellen auf der Seite, und sie steckte gerade ihre Pistole zurück in den Schulterhalfter.

»Ich bin so froh, dass er nicht weggerannt ist«, sagte sie, kaum außer Atem und hocherfreut. »Es ist mir wirklich zuwider, Leute zu erschießen.«

»Geht es um den Geigendiebstahl?«, fragte ich. Andrew konnte ich mir als Mörder vorstellen, aber nicht den süßen kleinen Marco. Einer der italienischen Polizisten hatte Andrew in ein Zimmer im Palazzo verfrachtet, von wo wir seine gequälten Schreie hören konnten.

»Jetzt darfst du dir die Person, die dich töten wollte, in Ruhe ansehen«, sagte sie. »Und den Mann, der Gunther eins über den Schädel gegeben und ihn aus einem Hotelfenster in den Kanal geworfen hat.«

Marcos schönes Gesicht starrte wütend zu uns hoch. Zu dem italienischen Polizisten neben Anna de Hoog sagte er: »Mein Vater wird das nicht zulassen. Mein Vater wird für Ihre Entlassung sorgen! Wo ist mein Vater?«

Aber Marco war jetzt eine Waise. Sein Vater war nirgends in Sicht.

Neunzehn

»Es hat ganz einfach angefangen«, sagte Anna aus einer liegenden Position in meiner Nähe. »Ich wurde von Interpol beauftragt, eine Serie von Fällen zu untersuchen, die mit dem Diebstahl antiker Musikinstrumente in Italien zu tun hatten. Die Instrumente stammten aus Privatsammlungen, aus kleinen Provinzmuseen und aus unbewachten Museen und Kirchen. Mehr als einmal war der Name Sandretti aufgetaucht. Seine Frau war wohlhabend gewesen, aber er selbst war nur eine Art musikalischer Unternehmer. Er hatte angesehene Posten inne, die sicher nicht sehr gut bezahlt wurden, jedenfalls nicht gut genug, um ihm seinen gehobenen Lebensstil zu erlauben. In Italien gibt es alle möglichen Männer dieser Sorte, verstehst du. Im Allgemeinen laufen da inoffiziell einige Dinge, nette Komplotte unter Freunden, um sich gegenseitig die Taschen zu füllen. Bestimmt nichts für Interpol.«

Sanft streichelte sie meinen Arm. Es war früher Nachmittag und der Regen ließ langsam nach. Das luxuriöse Hotelzimmer war ein bisschen feucht; unter uns hörten wir das Plätschern der Wellen im Kanal und von Zeit zu Zeit Gesang. Hauptsächlich »O Sole Mio«. Die Pistole lag im Halfter auf dem Kissen neben ihrem Kopf. Ich gebe nur ungern zu, dass mich das ziemlich erregt hatte.

»Die Diebstähle waren seit Jahren vorgekommen, aber im letzten Jahr wurden sie häufiger und auffälliger. In der Vergangenheit wurde oft ein wertvolles Instrument durch ein weniger wertvolles ersetzt. Vielleicht waren ihnen die weniger wertvollen Instrumente ausgegangen! Jedenfalls kam es zu kühneren Diebstählen, aus größeren Museen. Die Italiener baten uns um Hilfe.

Ich bin eine der wenigen Agentinnen mit musikalischem Hintergrund, obwohl ich, wie schon erwähnt, eher auf die Posaune als auf barocke Holzblasinstrumente spezialisiert bin. Es gelang mir, einen jungen Fagottisten zu überreden, uns bei unseren Nachforschungen zu helfen. Rückblickend wünschte ich, ich hätte das nicht getan, ich wünschte, ich hätte die Untersuchung allein geführt. Aber man nahm an, dass ein Insider von großem Nutzen sein würde, und es war nicht sicher, ob ich es schaffen würde, mir auf eigene Faust eine Einladung zu diesem Symposion in Venedig zu verschaffen. Wir wollten in Sandrettis Welt eindringen, verstehst du, und wir erfuhren, dass oft Musiker bei ihm im Palazzo wohnten. Ich nehme an, es war eine weitere Möglichkeit, sein Einkommen aufzubessern. Er steckte die Gelder ein, mit denen Hotelzimmer bezahlt werden sollten.

Gunther war einverstanden, als eine Art Maulwurf zu fungieren, Sandretti unauffällig zu beobachten und herauszufinden, wie er arbeitete. Durch Gunthers Vermittlung wurde ich schließlich auch eingeladen. Sandretti war etwas überrascht von mir, aber da er vor Gunther so viel Respekt hatte, akzeptierte er meine Gegenwart.

Wir besorgten Gunther auch dieses Zimmer im Danieli, damit er eine weitere Basis hätte, besonders, falls irgendwas schief ging. Ich kann sehr gut auf mich aufpassen, wie du weißt, aber er war Amateur. Aber er stieg gleich richtig ein und suchte sich selbst das Codewort aus, das er benutzen wollte, wenn er mich anrief.«

»Frigga!«, rief ich und fand zum ersten Mal seit einiger Zeit meine Stimme wieder. Bis jetzt war mir so wohl gewesen, dass ich nicht richtig aufgepasst hatte.

»Ja. Alles lief gut bis zu dem Moment, in dem das Fagott gestohlen wurde. Obwohl ein gestohlenes Instrument genau das war, womit wir gerechnet hatten, war ich nicht darauf gefasst, dass es auf eine so öffentliche Weise abhanden kommen würde oder dass es ein Fagott war, das Signore Sandretti selbst gehörte. Obwohl das Fagott sicher historischen Wert hat, gehört es kaum in die Kategorie der Geigen und Celli, die wir uns angesehen hatten. Auch Sandrettis Reaktion fand ich ganz unerklärlich. Augenblicklich beschuldigte er Nicola, es gestohlen zu haben, rief die Polizei, ließ ihren Pass konfiszieren. Ein sehr energisches Vorgehen, wie es schien.

Interessant, dachte ich. Vielleicht ist er gar nicht der, hinter dem wir her sind. Trotz alledem war seine Reaktion sehr merkwürdig. Natürlich habe ich nicht einen Augenblick angenommen, Nicola hätte das Fagott gestohlen, aber ich konnte mir nicht vorstellen, dass Sandretti es getan hatte und ihr die Schuld in die Schuhe schob. Ich war so perplex wie nur wer, als dein Freund Albert mit dem Fagott auftauchte und Sandretti behauptete, es noch nie gesehen zu haben.

Dein Freund Albert hat mich für eine Weile völlig von der Fährte abgebracht. Dauernd versuchte ich dahinter zu kommen, welche Rolle er in der Sache spielte – arbeitete er für Sandretti oder gegen ihn? –, lange habe ich nicht begriffen, dass es so einfach war, wie es tatsächlich gewesen ist: Er war ein flüchtiger Bekannter von dir und wollte dir einen Gefallen tun, einen Gefallen, der ihm vielleicht eine Belohnung einbringen würde.

Vieles an Albert schien mysteriös, nicht nur die dünnen schwarzen Handschuhe. Aber ich habe ein paar merkwürdige Dinge über deinen Mr. Ei herausgefunden. Sein Geschäft in Buxton wird von seiner betagten Mutter untadelig geleitet und ist auf antike Teeservice spezialisiert; Albert aber befindet sich häufig auf der leicht schattigen Seite des Gesetzes. Er reist etwas mehr als nötig, in Anbetracht der Größe und des Warenbestands seines Ladens, und er lebt ein wenig besser als ihm zusteht. Er ist ein zu kleiner Fisch, um ihn wegen Diebstahl oder Betrug zu verfolgen, aber in England existiert eine kleine Akte über ihn. Was du ihm gegenüber erwähnen könntest, falls sich die Gelegenheit ergibt.«

Ich stützte mich auf einen Arm. Mein Hirn schien wieder zu arbeiten, wenigstens so weit, um mich zu wundern. »Aber Sandretti wusste doch nicht, dass Bitten das Fagott genommen hatte. Glaubte er denn wirklich, Nicky hätte es getan? Oder hatte er seinen Sohn in Verdacht und versuchte, ihn zu schützen?«

»Genau. Erst gestern Abend hat Sandretti seinen Sohn aufgegeben. Aber gehen wir ein paar Tage zurück. Albert lieferte das Fagott in der Gepäckaufbewahrung ab mit der Anweisung an seinen Freund, es im Auge zu behalten und niemandem zu sagen, dass es da wäre. Während der Aufführung von *Orlando Furioso* verließ Gunther als Erster die Kirche. Er bekam einen Anruf und Bitten folgte ihm bald danach.«

»Warst du es, die ihn angerufen hat? Aber wie denn? Du hast im Orchester gespielt.«

»Ein Kollege hat Gunther nach meinen Anweisungen angerufen und ihm gesagt, er möge Bitten fragen, ob sie das Fagott gestohlen hat. Sie gab es zu und die beiden hatten einen furchtbaren Streit, den Andrew und Marco beobachteten. Bitten ging zur Gepäckaufbewahrung und versuchte vergeblich, das Fagott wieder zu beschaffen. Dann ging sie ins Hotelzimmer im Danieli hinauf, in der Hoffnung, dass Gunther auch dorthin käme. Inzwischen gingen Marco und Andrew auf einen Drink ins Danieli. Marco verließ Andrew und ging nach dem Fagott fragen. In diesem Augenblick bemerkte er Bitten, die gerade wieder heruntergekommen war und zur Rezeption ging, um Gunther eine Nachricht zu hinterlassen. Dort erfuhr Marco, dass Gunther ein Zimmer im Hotel hatte. Wir hatten nicht daran gedacht, dass Gunther besser nicht seinen richtigen Namen benutzen sollte.

An diesem Punkt scheint Entsetzen Marco übermannt zu haben. Schon eine ganze Weile hatte er sich beobachtet gefühlt und aus irgendeinem Grund war er sofort auf Gunther verfallen. Deshalb hast du ihn an dem Morgen gesehen, wie er Gunther auf der Piazza verfolgte. Jedenfalls sah er Gunther das Danieli betreten und dann die Treppe hinaufgehen. Er folgte ihm nach oben und sie hatten irgendeine Auseinandersetzung. Marco schlug ihn auf den Kopf, und Gunther wurde bewusstlos. Wäre er nur jetzt gegangen, dann wäre alles in Ordnung gewesen, denn Gunther war nicht tot. Aber Marco, von Panik ergriffen, stieß ihn aus dem Fenster. Es war dunkel, Gunthers Körper verfehlte zum Glück vorbeifahrende Gondeln. Marco ging zurück zu Andrew an die Bar und gemeinsam kehrten sie zur Pietà zurück.«

»Und Andrew erinnerte sich nur daran, dass Marco ihm einen Kuss gegeben hatte«, staunte ich.

»Bei näherer Befragung erinnerte Andrew sich daran, dass Marco gut zwanzig Minuten bis eine halbe Stunde fort gewesen war.«

Anna fing an, die Unterwäsche einzusammeln, die auf dem riesigen Doppelbett um uns verstreut war. Sie zog sich an und überzeugte sich, dass ihr Revolver gesichert war, ehe sie ihren Arm durch den Halfter steckte. Noch nie hatte ich in einem Zimmer Liebe gemacht, in dem ein Mord verübt worden war. Ich hatte noch nie mit einer Frau geschlafen, die eine Pistole bei sich hatte.

Anna sagte: »Als ich bei der Gepäckaufbewahrung war und nach dem Fagott fragte, fanden sie Gunthers Leiche. Ich war entsetzt. Ich konnte wirklich nicht glauben, dass Sandretti das getan hatte. Er war für euch andere nicht sichtbar, aber er war die ganze Zeit hinter der Bühne, und ich konnte ihn gut sehen. Gunthers Tod führte dazu, dass ich alles neu durchdachte, und da fing ich an, mich auf Marco zu konzentrieren. Marco Sandretti hatte noch weniger Pluspunkte als sein Vater. Er war jung, er war nicht talentiert, er war von seinem Vater abhängig. Er war in Instrumentendiebstahl und Schmuggel verwickelt und versuchte verzweifelt, das zu verbergen. Sein Vater ahnte, dass etwas in der Art im Gange war. Er dachte, Marco hätte das Fagott gestohlen. Deshalb hat er so getan, als wäre es nicht das richtige Fagott.«

Langsam zog ich mich an. Mein Flieger ging in wenigen Stunden. Der Regen schien aufgehört zu haben; das Zimmer wurde warm. Ich hoffte, Anna würde mich am Anziehen hindern, aber sie tat es nicht. Sie hatte Hemd und Jeans angezogen und suchte nach ihren Socken.

»Gestern Abend, als Marco die Geige stahl, wurde Sandretti klar, dass er ihm nicht mehr helfen konnte. Er hat es versucht. Er brachte seinen Schreibtisch in Unordnung, damit es so aussah, als hätte jemand nach Geld oder Papieren gesucht, und um die Aufmerksamkeit vom Verlust der Geige abzulenken. Aber als ich in die Bibliothek zurückging, nachdem alle schlafen gegangen waren, gab er zu, dass sein Sohn mit diesen Diebstählen zu tun hatte. Ich sagte ihm, dass ich glaubte, Marco hätte Gunther getötet und einen Anschlag auf dein Leben verübt, und ich wollte eine Chance, es zu beweisen. Sandretti war einverstanden, mir heute Morgen nicht in die Quere zu kommen.«

»Aber warum hat Marco versucht, mich zu erwürgen? Ich dachte, er mag mich.«

»Du musst etwas getan haben, das ihn glauben ließ, du wüsstest Bescheid.«

Ich dachte zurück. Unmittelbar ehe ich zum Klezmer-Konzert gegangen war, hatte ich Marco gesagt, ich wüsste, wer das Fagott gestohlen hat, und die Polizei würde eine gründliche Untersuchung anstellen. »Dann habe ich gelacht und gesagt, die Polizei würde versuchen, seinen Geheimnissen auf den Grund zu kommen, aber ich würde ihn nicht verraten.«

Mit einem halben Lächeln schaute Anna mich an. »Und dann überrascht es dich, dass er dich töten wollte?«

»Ich dachte ja nicht, dass ich mit einem Mörder rede! Ich wollte ihm Mut machen, eine Beziehung mit Andrew einzugehen.«

Anna war jetzt vollständig angezogen. Ohne Kamm schob sie sich ihr Haar aus dem Gesicht nach hinten. Ich hätte gern etwas Blödes gesagt wie: »Werde ich dich je wieder sehen?«, aber das war nicht mein Stil. Ein intensives Gefühl von *sabi* überkam mich. Ich versuchte es als Mitleid mit Andrew zu bemänteln.

»Ob er Marco wohl verdächtigt hat?«

»Das muss er wohl«, sagte Anna. »Er war heute Morgen ganz außer sich. Jetzt sagt er, er bleibt nicht in Venedig. Nach dem, was geschehen ist, kann er nicht hier bleiben.«

»Das wird Nicky glücklich machen. Dann wird sie mit ihren Forschungen über die verwaisten Fagottistinnen die Erste sein. Weißt du, es war Roberta, die gestern Abend in die Bibliothek eingebrochen ist und zwei Bände Musikmanuskripte gestohlen hat. Einer davon scheint Original-Fagottmusik einer Verwandten der Sandrettis zu enthalten.«

»Damit wäre auch das letzte Rätsel gelöst«, sagte Anna und machte mir die Tür auf. Wir gingen hinaus und stiegen die Treppe hinunter. »Ich hatte gedacht, dass Marco die Tür aufgebrochen hat, um einen Einbruch zu fingieren. Wo ist übrigens Nicky?«

»Noch im Bett, denke ich«, sagte ich. »Mit Giovanna.«

Anna warf mir einen schrägen Blick zu. Für eine Frau, die in Erfüllung ihrer Pflichten vermutlich schon getötet hatte, war sie erstaunlich schüchtern. »Ihr teilt euch ein Haus in London, aber ihr seid nicht ...«

»Sie hat mir eine Bodenkammer überlassen, wo ich meine Sachen aufbewahren kann«, sagte ich. »Aus reiner Herzensgüte.«

»Ich habe manchmal geschäftlich in London zu tun.«

»Ich bin manchmal da.«

»Vielleicht könnten wir ...«

»Ein Fagottkonzert besuchen«, sagte ich. »Oder eher Oboe, wo das doch dein Instrument ist.«

»Biest«, sagte sie, als wir in der Lobby ankamen und am Empfangschef vorbeigingen. Sie warf ihm den Schlüssel hin, während sie mir einen Kuss gab, der seine Unerschütterlichkeit auf immer zunichte machte. »Du weißt doch, es ist die Posaune, auf der ich wirklich gut bin.«

Zwanzig

Ich sagte mir, dass der kleine Papierwarenladen schließlich auf dem Weg zur Piazzale Roma und zum Flughafenbus lag. Ich sagte mir, dass ich dort einfach noch einmal vorbeigehen würde. Ich würde nur einen Blick ins Fenster werfen. Ich brauchte ja nicht hineinzugehen. Ich hatte keinen Grund hineinzugehen. Aber sobald ich das Mädchen mit dem rotgoldenen Haar hinter dem Schreibtisch sitzen und in ein Notizbuch kritzeln sah, konnte ich mir nicht helfen. Eine CD spielte, als ich die Tür öffnete und sie mich anlächelte. Die Melodie würde mich an sie und Roberta erinnern: *Der Teufel und das blaue Meer.*

»Buon giorno«, sagte ich. »Ich habe beschlossen, dass ich Tinte brauche. Ich möchte Tinte in den Farben Burgund, Sepia und Indigo. Und ich möchte einen Federhalter, einen Glasfederhalter mit Goldfeder. Und das alles sehr schnell.«

Ich suchte mir zusammen, was ich wollte, und Francesca packte es wunderschön ein, tropfte einen Klecks geschmolzenes rotes Wachs auf den Knoten und stempelte ihn so, dass er wie ein weiches, flaches Herz aussah. Ich sagte ihr nicht, dass ich abreiste. Ich erzählte ihr nicht von Marcos Verhaftung. Sie erzählte, sie hätte ihre Geschichte fast fertig; sie würde sie mir zuschicken, wenn sie beendet wäre. Sie fragte mich, ob die Tinten und der Federhalter ein Geschenk wären. Ich sagte, ja, für mich selbst. Ich sagte nicht auf Wiedersehen, aber ich drückte ihre Hand, als ich ging. Es reichte mir, sie noch einmal zu sehen, wie ich sie das erste Mal gesehen hatte. Angesichts von Anna de Hoogs kundigen Berührungen überall auf meinem Körper schien es eigenartig, dass ich Francesca als mein letztes Bild von Venedig wollte, und doch wollte ich es.

Ich wollte es.

Das Herz ist ein merkwürdiges kleines Instrument. Es spielt in allen Registern, alle Dur- und Moll-Tonleitern rauf und runter. Nicola würde sagen, das Fagott fängt die Verwicklungen des Geistes am besten ein, aber ich setze auf die Klarinette mit ihrem wissenden Wehklagen, das die Hoffnung erneuert – selbst in der Geschichte – und uns alle zu Jugendlichen macht – besonders in der Liebe.

Ich richtete mich auf meinem Platz in der ALITALIA ein. Kurz bevor wir uns ins herbstliche Zwielicht mit Schleiern von Scharlachrot und warmem Grau erhoben, kam ein letzter Passagier an Bord. Er hatte ein langes, in Papier gewickeltes Paket in der Hand, das mir merkwürdig bekannt vorkam. Wie konnte er es wagen? Sollte ich einem Flugbegleiter sagen, Albert Montague schmuggelt einen Nationalschatz ins Ausland? Oder sollte ich abwarten, bis er in Heathrow geschnappt wurde? Würde ich direkt an ihm vorbeigehen, wenn sie ihn abführten? Oder sollte ich Anna de Hoog anrufen, um ihr zu sagen, dass sie vielleicht früher als erwartet in England zu tun haben würde? Als er sein Paket sorgfältig oben verstaute, erwischte er mich, wie ich ihn beobachtete.

Mit einem Zwinkern setzte er sich. Einen Augenblick später wurde mir seine Karte mit der Adresse des Antiquitätenladens in Buxton nach hinten gereicht. »Spaghetti«, hatte er geschrieben. »Die extralange Sorte.«

Ich nahm meine drei verbliebenen Bücher heraus und schaute sie an. Eins von ihnen würde ich übersetzen müssen, wenn ich diesen Winter etwas esssen wollte. Vielleicht dieses hier, die

Geschichte einer älteren Frau, die sich töricht verliebt. Oder dieses, die Geschichte einer seltsamen Reise in ein fernes Land. Oder vielleicht dieses, das ich bisher übersehen hatte, weil der Umschlag so öde war, die Geschichte einer ...

Ich fing an zu lesen, und sowie ich angefangen hatte, wusste ich es. Es war das richtige Buch. Es war das perfekte Buch.

Ich wusste jetzt schon: Es würde meins werden.

In der Reihe Ariadne Krimi bisher erschienen:

Ariadne Krimi 1001	Anthony Gilbert: Das Geheimnis der alten Jungfer
Ariadne Krimi 1002	Marion Foster: Wenn die grauen Falter fliegen
Ariadne Krimi 1003	Joy Magezis: Untergetaucht
Ariadne Krimi 1004	Anthony Gilbert: Fette Beute
Ariadne Krimi 1005	Lauren Wright Douglas: Lauernde Bestie
Ariadne Krimi 1006	Jessica Mann: Das Gewerbe der Mrs. Knox
Ariadne Krimi 1007	Katherine V. Forrest: Die Tote hinter der Nightwood Bar
Ariadne Krimi 1008	Josephine Bell: Mord im Ruhestand
Ariadne Krimi 1009	J. R. Hulland: Der Tod studiert mit
Ariadne Krimi 1010	Masako Togawa: Der Hauptschlüssel
Ariadne Krimi 1011	Sarah Dreher: Stoner McTavish
Ariadne Krimi 1012	P.M. Carlson: Vorspiel zum Mord
Ariadne Krimi 1013	Val McDermid: Die Reportage
Ariadne Krimi 1014	Kim Småge: Die weißen Handschuhe
Ariadne Krimi 1015	Katherine V. Forrest: Amateure
Ariadne Krimi 1016	Dorothy Cannell: Die dünne Frau
Ariadne Krimi 1017	Kim Engels: Zur falschen Zeit am falschen Ort
Ariadne Krimi 1018	Dolores Komo: Clio Browne, Privatdetektivin
Ariadne Krimi 1019	Barbara Wilson: Der Porno-Kongreß
Ariadne Krimi 1020	Sonja Lasserre: Gestern, heute und kein Morgen
Ariadne Krimi 1021	Val McDermid: Das Nest
Ariadne Krimi 1022	P.M. Carlson: Sicher ist nur Mord
Ariadne Krimi 1023	Sarah Dreher: Stoner McTavish 2 – Schatten
Ariadne Krimi 1024	Joan Hess: Rufmord
Ariadne Krimi 1025	Sarah Schulman: Ohne Delores
Ariadne Krimi 1026	Dorothy Cannell: Der Witwenclub
Ariadne Krimi 1027	Barbara Wilson: Ein Nachmittag mit Gaudí
Ariadne Krimi 1028	Joy Magezis: Schüttelfrost
Ariadne Krimi 1029	Katherine V. Forrest: Beverly Malibu
Ariadne Krimi 1030	Susan Kenney: Zuchtrosen
Ariadne Krimi 1031	Mary Wings: Sie kam zu spät
Ariadne Krimi 1032	P.M. Carlson: Versuch mit Mord
Ariadne Krimi 1033	Val McDermid: Der Fall
Ariadne Krimi 1034	Anthony Gilbert: Schwarze Bühne
Ariadne Krimi 1035	Marion Foster: Wenn die Macht ihr Netz auswirft
Ariadne Krimi 1036	Rosie Scott: Tage des Ruhms
Ariadne Krimi 1037	Katherine V. Forrest: Tradition
Ariadne Krimi 1038	L.A. Taylor: Das liebe Geld
Ariadne Krimi 1039	Gabriele Gelien: Eine Lesbe macht noch keinen Sommer
Ariadne Krimi 1040	Joan Hess: Die 755 Seelen von Maggody

Ariadne Krimi 1041	Lauren Wright Douglas: Sieben Leben
Ariadne Krimi 1042	Orania Papazoglou: Süß wie der wilde Tod
Ariadne Krimi 1043	Sarah Dreher: Stoner McTavish 3 – Grauer Zauber
Ariadne Krimi 1044	Susan Kenney: Tod nach Lehrplan
Ariadne Krimi 1045	Deborah Powell: Heißer Winter in Texas
Ariadne Krimi 1046	Lynne Murray: Der letzte Termin
Ariadne Krimi 1047	Mary Wings: Sie war schnell wie der Blitz
Ariadne Krimi 1048	Dagmar Scharsich: Die gefrorene Charlotte
Ariadne Krimi 1049	Barbara Wilson: Schwestern der Straße
Ariadne Krimi 1050	Marele Day: Leben und Verbrechen des Harry Lavender
Ariadne Krimi 1051	Jessica Lauren: Zweimal sterben
Ariadne Krimi 1052	P.M. Carlson: Makler und Mord
Ariadne Krimi 1053	Lauren Wright Douglas: Artemis' Töchter
Ariadne Krimi 1054	Joan Hess: Liebe Miss E.Tadt
Ariadne Krimi 1055	J.M. Redmann: Mississippi
Ariadne Krimi 1056	Kim Småge: Nachttauchen
Ariadne Krimi 1057	Barbara Wilson: Trubel in Transsylvanien
Ariadne Krimi 1058	Dorothy Cannell: Auf dem Holzweg
Ariadne Krimi 1059	Val McDermid: Der Aufsteiger
Ariadne Krimi 1060	Jessica Mann: Die Spur des Schatzes
Ariadne Krimi 1061	Claire Macquet: Auf der Suche nach Ammu
Ariadne Krimi 1062	Barbara Crossley: Kandierte Küste
Ariadne Krimi 1063	Lisa Pei: Die letzte Stunde
Ariadne Krimi 1064	P.M. Carlson: Bühne frei für Mord
Ariadne Krimi 1065	Ann Camones: Verbrechen lohnt sich doch!
Ariadne Krimi 1066	Lynne Murray: Mit anderen Mitteln
Ariadne Krimi 1067	Deborah Powell: Krumme Touren in Texas
Ariadne Krimi 1068	Marele Day: Das Rätsel der chinesischen Schachteln
Ariadne Krimi 1069	J.M. Redmann: Stirb, Jokaste!
Ariadne Krimi 1070	P.M. Carlson: Heiß genug für Mord
Ariadne Krimi 1071	Agnes Bushell: Tanz der Schatten
Ariadne Krimi 1072	Susan Kenney: Wasser hat keine Balken
Ariadne Krimi 1073	Melissa Chan: Geld heilt alle Wunden
Ariadne Krimi 1074	Joan Hess: Aufruhr in Maggody
Ariadne Krimi 1075	ReBecca Béguin: Die Hälfte des Himmels
Ariadne Krimi 1076	P.M. Carlson: Grabes Stimme
Ariadne Krimi 1077	Sarah Schulman: Die Sophie Horowitz Story
Ariadne Krimi 1078	Dirkje Kuik: Pudelmütze
Ariadne Krimi 1079	Barbara Wilson: Mord im Kollektiv
Ariadne Krimi 1080	Jessica Mann: Alles Lügen
Ariadne Krimi 1081	Kate Allen: Wie es dir gefällt
Ariadne Krimi 1082	P.M. Carlson: Studie mit Mord
Ariadne Krimi 1083	Camarin Grae: Seelenraub

Ariadne Krimi 1084	Shelley Singer: Jane ist weg
Ariadne Krimi 1085	Mary Wings: Sie kam gestochen scharf
Ariadne Krimi 1086	Kim Småge: Tapetenwechsel
Ariadne Krimi 1087	J.M. Redmann: Sag niemals ja
Ariadne Krimi 1088	Blanche d'Alpuget: Virus
Ariadne Krimi 1089	Danielle Charest: Die Ohnmacht
Ariadne Krimi 1090	P.M. Carlson: Blutstrom
Ariadne Krimi 1091	Agnes Bushell: Der Fall mit dem Kristall
Ariadne Krimi 1092	Mercedes Lambert: Die dunkle Seite der Lichterstadt
Ariadne Krimi 1093	Sarah Dreher: Stoner McTavish 6 – Stoner verkehrt in schlechten Kreisen
Ariadne Krimi 1094	Marele Day: Der letzte Tango der Dolores Delgado
Ariadne Krimi 1095	Val McDermid: Das Kuckucksei
Ariadne Krimi 1096	Shelley Singer: David als Pfand
Ariadne Krimi 1097	Barbara Wilson: Belladonna
Ariadne Krimi 1098	Joan Hess: Skandal in Maggody
Ariadne Krimi 1099	Stella Duffy: Septemberfrau
Ariadne Krimi 1100	P.M. Carlson: Blut ist dicker als Mord
Ariadne Krimi 1101	Jean Taylor: Wir wissen, wo du wohnst
Ariadne Krimi 1102	Kjersti Scheen: Vorhang zum Tod
Ariadne Krimi 1103	J.M. Redmann: Stein der Waisen
Ariadne Krimi 1104	Marele Day: Das Verschwinden der Madalena Grimaldi
Ariadne Krimi 1105	Val McDermid: Das Manuskript
Ariadne Krimi 1106	P.M. Carlson: Todes Hauch
Ariadne Krimi 1107	Katherine V. Forrest: Treffpunkt Washington
Ariadne Krimi 1108	Charlotte Jay: Das Gift der neuen Welt
Ariadne Krimi 1109	Elizabeth Pincus: Schleppertango
Ariadne Krimi 1110	Monika Geier: Wie könnt ihr schlafen
Ariadne Krimi 1111	Cynthia Webb: Florida Blues
Ariadne Krimi 1112	Val McDermid: Das Gesetz der Serie
Ariadne Krimi 1113	Katherine V. Forrest: Kreuzfeuer
Ariadne Krimi 1114	Christine Andreae: Grizzly
Ariadne Krimi 1115	Mary Wings: Sie kam allein
Ariadne Krimi 1116	Shelley Singer: Sara verzweifelt gesucht
Ariadne Krimi 1117	ReBecca Béguin: Im roten Bereich
Ariadne Krimi 1118	Leena Lehtolainen: Kupferglanz
Ariadne Krimi 1119	Nanisi Barrett D'Arnuk: Vollzug
Ariadne Krimi 1120	Val McDermid: Abgeblasen
Ariadne Krimi 1121	Elizabeth Pincus: Einsamer Twist
Ariadne Krimi 1122	Patricia Hall: Tödlicher Frost
Ariadne Krimi 1123	Barbara Wilson: Ein Abend mit Vivaldi
Ariadne Krimi 1124	Val McDermid: Luftgärten
Ariadne Krimi 1125	Katherine V. Forrest: Knochenjob

Barbara Wilson bei Ariadne

Die Cassandra-Reilly-Krimis

Ein Nachmittag mit Gaudí

Ariadne Krimi 1027 · ISBN 3-88619-527-9

Cassandra Reilly sucht den Ex-Mann einer Freundin in Barcelona und gerät mitten in eine Kindesentführung.

Trubel in Transsylvanien

Ariadne 1057 · ISBN 3-88619-557-0

Globetrotterin Cassandra Reilly widerfährt Mysteriöses in einem transsylvanischen Kurhotel!

Neun Reisen mit Cassandra

Ariadne 1097 · ISBN 3-88619-597-X

Mord auf der feministischen Buchmesse, Verschwörung in Hamburgs Ökoszene – wo Cassandra Reilly hinreist, ist immer ein Fall zu lösen.

Die Pam-Nilsen-Krimis

Mord im Kollektiv

Ariadne 1079 · ISBN 3-88619-579-1

Wer erschoß den Mann im Druckereikollektiv? Waren es die militanten Lesben? Pam Nilsens 1. Fall.

Schwestern der Straße

Ariadne 1049 · ISBN 3-88619-549-X

Pam Nilsen gabelt nachts zwei junge Mädchen auf. Nur eine überlebt. In ihrem 2. Fall sucht Pam den Mörder.

Der Porno-Kongreß

Ariadne 1019 · ISBN 3-88619-519-8

Wer hat die Hauptrednerin eines Kongresses zu Pornografie erwürgt? Pam Nilsen schaltet sich ein (ihr 3. Fall).